真正的古意，来自内心的哲学和诗

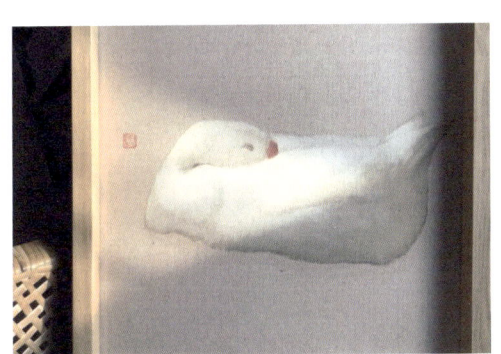

借山而居

（珍藏版）

张二冬 著

中信出版集团｜北京

图书在版编目（CIP）数据

借山而居：珍藏版 / 张二冬著. -- 北京：中信出版社，2021.3（2024.12重印）
ISBN 978-7-5217-2689-3

Ⅰ.①借… Ⅱ.①张… Ⅲ.①散文集—中国—当代 Ⅳ.①I267

中国版本图书馆CIP数据核字(2021)第010398号

借山而居：珍藏版

著　　者：张二冬
出版发行：中信出版集团股份有限公司
　　　　　（北京市朝阳区东三环北路27号嘉铭中心　邮编　100020）
承　印　者：北京启航东方印刷有限公司

开　　本：787mm×1092mm　1/32　　印　　张：8　　字　　数：132千字
版　　次：2021年3月第1版　　　　　印　　次：2024年12月第4次印刷
书　　号：ISBN 978-7-5217-2689-3
定　　价：58.00元

版权所有·侵权必究
如有印刷、装订问题，本公司负责调换。
服务热线：400-600-8099
投稿邮箱：author@citicpub.com

目录

山野之气

种菜记　004

栽棵树　010

挖树记　014

花花草草　017

有关榆钱　026

荠菜好吃，或在于"采"　030

再见"肾池"　036

草棚记　043

风水的意义　048

动物江湖

山居速写　055

鹅，鹅鹅　061

叫土豆的狗　066

叫郑佳的狗　077

永琴的狗　082

一条狗的承受力　086

叫凤霞的鸡　089

黑鸡少年　094

知了知了　099

最好的隐居地

月光虫鸣，一种叫夏夜的情境　108

蚊虫记　113

蛇鼠记　117

野猫记　121

疼痛来自地狱　125

今日有雪　128

封炉子是个技术活儿　133

露个富　136

摩托车修理技术与艺术　141

哈喽，摩托车　145

老高　150

和水有关　158

又做了件蠢事　162

人间桃花源

不要扫雪　170

刚才摔了一跤，感觉还挺不错的　174

苹果苹果　176

小红理发店　178

吃起来像小鱼儿一样　183

秋生　187

奶奶的坟　190

力大无穷　197

神秘主义小把戏　201

山中答问　206

山野之气

所有的生物,

小的时候,

眼神都是一样的:

懵懂天真,

可爱至极。

秋冬的阳光照在植物上
很迷幻,有恍若隔世的真实感

种菜记

> 给植物浇水的时候，
> 是能听见它们喝水的声音的，
> 我拿着哗啦哗啦喷流的水管，
> 站在菜园里，
> 像是给幼儿园的小朋友分糖吃。

刚上来那年，没怎么种菜，也没有冰箱，每次下山都背上一袋土豆、茄子之类比较方便储存的菜。春夏秋还好，想吃青菜，一座山都是菜园。但冬天就不行了，北方的山，一到冬天就光秃秃的，天天白菜、萝卜、红萝卜，吃了小半年，我都快吃恶心了。到了来年，才想着应该自己种点儿菜，这样就不用总扛着菜爬山了。

虽然我小时候在农村长大，但种菜都是大人的事，我只负责吃，我是妈妈的小宝贝嘛。所以，种菜这件事，我也是近几年才学会的。

说"学"会种菜，是因为有的菜要想种得好，确实是需要点技术的。比如荆芥，我妈教我撒上种子之后，洒水，泡上三五分钟，要等到种子起白色的泡泡（黑色的种子，被水浸泡后就会泛出一层近乎透明的白色黏膜，像青蛙的卵），才能再盖土。我妈说："一定要细土，才出得好。"

红薯要想结得好，就必须在平地上，用锄头扒一条沟出来，然后用扒开的土沿着沟，堆出一排排长长的脊，红薯的苗就种在那排高高的土脊上。这样下雨的水就会积到沟里，像一条河，红薯的根像河岸边的草，能最大程度喝到土里的水。我妈说，这样的红薯结得大。

确实，小时候收红薯，刨出来有西瓜那么大。

土豆最好种，收的时候有挖宝的快感；黄瓜要搭架子，不能让它在地上爬；眉豆简单，贴着墙根，埋上种子就行了。

听上去都不难，但第一年我种的菜，收成少得可怜。那时我在院子里开了一块小小的菜园，种了十几株西红柿，惭愧的是，最后吃到嘴里的却只有十几个。第一次种西红柿，我没有经验，不知道西红柿是要掐头的——在它生长的过程中，各个枝杈上冒出来的新芽要掐掉，只留最上面一个芽，让它往上长，长大高个。而我种的西红柿，没有掐头，横着长，所有的养分都用来发芽了，顾不得结果子，最后长成了一大株。每株上面只有寥寥几个果子，未老先衰，长到鸡蛋大小，就开始红了。

苦瓜、黄瓜、茄子我也种了几株，最旱的一年却总是忘了浇水，我和我的菜都活得很艰难。后来买了个水管，解决了水的问题，却忽略了采光和施肥。第二年的菜地在院子前面靠下坡的一块地里，前有桃树，后有槐树，中间还有棵繁茂的核桃树，菜就种在这些树围着的一块平地上。被树荫遮住了阳光的植物，和抑郁症患者一样不开心，果子结得也很勉强。

第二年种菜还是不及格，58分，但相比前一年算是丰收了。茄子、青椒、眉豆、秋葵，都吃了不少，种的南瓜和冬瓜各结了一个。我基本是种菜界的倒数第一了。想起我奶奶种的南瓜，结得多到吃不完，种的西红柿，一个挨一个，跟葡萄一样。

蔬菜不像野草，很娇嫩的，种的时候土要松软，要细，冒芽的时候不要太吃力。每天都要喝水，要喝得饱饱的，不能断，隔三岔五浇水不行，要有耐心；阳光要足，要每一片叶子都能懒洋洋地在阳光下眯着眼。如果想果子更甜更饱满，那就要给它准备好营养丰富的肥料。在这个山里所有的植物面前，它是唯一的，你要每天想着它，像对待怀孕的媳妇一样细心、有耐心。这样伺候几个月，它才会长出健康、丰盛的果子。在一株植物面前，当好农民，并不简单，因为难度不在技术，在持续的专注。

第三年种菜，相对于前两年，我就进步了很多。和所有的技能学习一样，经验的积累是个不断试错的过程。比如语言，我在西安读了四年大学，都没学会陕西话，来山上半年，发音就和当地人没有什么区别了。因为在与村民长期的对话中，我

在个别词语上得以不断修正。

和一个专注于土地的农民比，我还是差得很远。要是我奶奶在，她会在开春之前就把地翻一遍，把每一块土敲碎，把每一颗小石子都拣出来。一株草只要冒芽，就会被我奶奶拿锄头砍掉——我奶奶种过的地，草都不敢长。记得刚上山的时候，每次我路过一块地，都能看到一个老太太趴在刚长出玉米的地里拔草，整整一个多月，远处田里都有一个无法忽视的小黑点，就像是长在那块地上的一棵树。这很震撼。一个农民对待事情的单一和专注，是多少人都无法企及的。

种菜的准备，按说四月初就该忙活了，清明前后，种瓜点豆嘛。但我比较图省事，每年都到四月中旬才下山去买农民育好的苗回家栽。第三年的菜地在新院子里。和我院子一墙之隔的另外一家去年被我租了下来。我扎了篱笆，圈了个院子，等于两院房。这样的话，就可以种更多菜了，有篱笆，采光好，浇水方便，也不会被鸡和鹅祸害。如果水不像第一年那样断掉，这一年应该会是个丰收年。

我的菜地比较大，所以每种菜苗买得都比较多。另外，我每样都买三份，利平家的、我的，还有永琴的。别人都买一捆两捆，我说："给我拿六捆。"旁边大妈就很崇拜地看着我。

西红柿合三毛钱一株，我花十二元买了四捆，四十株，如果每株结三十个西红柿，到了夏天，我就有一千二百个西红柿吃了。

种菜要在下午太阳的温度不再灼热的时候，裸根的菜苗太脆弱了，经不起正午的阳光直射。种完之后第一遍水要浇透，尽量让根持续泡在湿土里，让它缓一缓，适应新的土壤。人和植物一样，一旦适应了新的环境，就会对那片土地依赖了。

新开的地比较硬，除了阳光和水，还需要施肥，菜才能长得更好。但靠我一个人造粪，根本存不住，还没来得及收，屎壳郎就抢先抱回家了。虽然我种菜也需要肥料，但人家屎壳郎是要养家糊口的，夺人口粮，总是太残忍。所以，我只能在鸡窝里掏鸡粪，但鸡每天在外面跑，鸡窝里的粪很少。鹅还好，是个造粪机，一路走一路拉，一边吃饭一边拉，消化系统好得不得了。但我的鹅和我和鸡一样，也是放养，所以我只能眼看着鹅把粪拉在没有价值的空地上。哪天真应该把鹅培养一下，每次要拉屄屄，就跑到菜地来发泄，屁股对着西红柿的根，像

狗狗对着电线杆。我托着下巴想,如果这样,那我就多养几只鹅。以前听说在农村有人为了一点儿牛粪打起来,觉得很好笑,现在不会有这种想法了。

有时候常见的事物,大概是因为太普通了,过于熟悉,就很少注意它的质感。比如二十四节气,其实是古人参破万物的秘籍——"清明",气温转暖,万物清明,每个人都知道它,但却不是每个人都能体会到,这两个字自古以来是怎样经由一颗种子连接着天地的。

如果你有一个菜园,旱了好些天,突然的一场雨就能让你体会到几千年来的农耕文明里天、神和人的关系。

栽棵树

上山的第二年和第三年,我在院子里种了点儿玉米。玉米很实用,既当粮食,又做绿植,每年春播秋收,一年一季。我曾专门注意过玉米的长势,三五天就发芽,七八天就几寸长,个把月就一尺高,生长速度非常快,跟初生的婴儿一样,每时每刻都在长,真的是日新月异。如果在它的叶片上放一颗纳米高清采音器,都能听见它噌噌长身体的声音,一定很刺激。不知道是谁最早把玉米作为粮食栽培的,那个人一定每天都很欣喜。

只是玉米长得太快了,枯死也快,生命周期很短,像是带着使命来的,三五个月就过完了一生。一般生长过程很急、很快的植物,一生都很短,像麦子、禾草、玉米;但如果生长过程很稳、很慢,一生就会很长,像银杏、柏树。

所以树是最聪明的生物。

在原始人的植物崇拜中,最高的神祇是树神。大概就是因为自然生长的树都比人活得久,很稳、很慢、很安静,万古长青。在先祖眼里,树和人一样,会繁衍生长,所以从一棵树看到的,都是和人类世界相关的生命力。阳光、雨水充沛,枝叶就很繁盛；砍断枝杈很快又能冒新芽，哪像人类，胳膊被动物咬断后，就再也长不出来了。

之前我不想栽树，其中一个原因是，树太像神，显得我太微不足道了。在山里住，周边很多树都比我年长，一想到几十年后，我不在了，那些树还会在同一个位置，伫立、呼吸、远观这世间万象，如此安静、缓慢地活着，我就会感到虚无。在它们眼里，我的一生就像春生秋死的玉米，匆匆忙忙就消亡了。

直到有天我见到一棵上万年的银杏，突然想起院子里的两季玉米和一棵树的两个年轮，想起庄子说："上古有大椿者，以八千岁为春，八千岁为秋。"我意识到，在时间与空间面前，我的视界太窄了。

在半年生的玉米和万年生的大树之间，我的存在，本来就是相对的。一季生、百岁死，和万古长青其实没什么区别，就像这座山上的知了、玉米、花草，已经轮回三十次了，我还年轻着。

于是回家后，我就拿出铁锹，在院子里挖了个坑，栽了棵树。

挖树记

之前我伐倒过一棵臭椿树，根一直嵌在那块院子里的平地上，没有清除。这天天气不错，早上洗把脸，我走到它面前，决定挖掉这个碍眼的家伙。

没有开挖之前，我觉得这个只有大腿粗的树根也没什么难搞的，应该只需要双手卡紧，用力一拉，像拔萝卜一样就给拽出来了。我拿着镢头，站在它面前，看着刚被雨水浸泡过的松软泥土，猜想一会儿应该有倒拔垂杨柳的快感——抖一抖根部的土，像掷铁饼一样，把树根直接扔到山对面去。我暗爽了一把，给了它一脚。可没想到，当我用脚踹到它的时候，就像踢在岩石上，功力用了九成，它却岿然不动，连树皮上的尘土都未曾落下一粒。

现实总是不断地给想象力泼冷水。结果，我先是花了半个小时在周边挖了一个直径一米五的大坑，再花半个小时把大大小小根系锯掉，然后又花半个小时把主根锯断，花十分钟清理，二十分钟把坑填好、耧平，中间又歇息喘气一个小时，这样，半天就过去了。

最后我狼狈地把这个椿树根翻着个儿往院子外面推，脚下的屎壳郎滚粪球都超过我很远。直到又一次满头大汗之后，才算将它推下山。

而这，只是个开头。我必须再等几天，等下一场雨把土渗实，等半月把土晒干，再经过一个月脚踩风化，一棵树根和它的痕迹才能从我的院子里被彻底清除。

花花草草

　　大概是和我生长在村庄有关，小时候我家院子里就种了很多花，一院子的月季、玉兰、美人蕉等。我记性不好，小时候的天空和树荫都记不大清了，唯独一些味道，始终和记忆绑定在一起。

　　味道的魔力，一点儿都不逊于音乐，可以瞬间把人带入一个情境里。比如我一闻到鞭炮味，就会想到过年；一闻到桐树花和油菜花的香，马上就想到小学校园的后操场。每当春风拂面，夹带着桐树花或油菜花的香时，少年时代的记忆，就会像显微镜下的叶脉一样清晰。

恩惠了我

　　从三月桃花开，山里各种花就没断过。同一块地，四月是星星点点小蓝花，五月是小黄花，然后是蒲公英，到了六月又是小白花，一直到十一月遍地小野菊。花儿好像是商量好的，你开完，趴下，我再开，一波一波的。同一块地里，所有的种子都生活在一起。倒是恩惠了我,每个月眼前都变换着不同的装饰。

黄秋英

它还有一个很官方的名字,叫"硫华菊",去年我种了好几种花,最后发现最爱这个。

开始我觉得遗憾,想给它重新命名,改一个听起来就很柔软的花名。每一个词语都有它对应的意象,就像"莹莹"和"建刚",质感明显不一样。

不过后来,听说它有一个比较民间的名字:黄秋英。

黄秋英,听起来就很黄秋英。

金丝桃

简直妖孽。

槐花

每年四月中旬,门前就会开满槐花,白花花的,很魔幻,每开一次就是一年。只是有点失落的是,它可以开上千年,我却只能看几十次。

山 野 之 气

野豌豆花

野豌豆的花开成一片的时候,并不比薰衣草差,只是我们村的野豌豆没有偶像剧女主角的加持,所以都被割回家喂牛了。

牛很爱吃。

苦糖果

也叫裤衩果、羊奶子果。

朋友叫它比心果。很明显,苦糖果,一听就是学者起的,有文人气,很诗性;裤衩果、羊奶子果,就很直接,有浓重的民间气,和"叉档果"一样,应该都是同一个放羊人起的,极具简单粗俗的男性色彩。

而"比心果"就清新很多,很当代。

早杏

叫杏儿的姑娘,
脾气都很倔。

山野之气　　　　　　　　　　　　　　　　　　　　　　021

空谷幽兰

植物也是喜欢群居的,山里的野花都是一片一片的,这样就能更好地抵抗风。但文学艺术里最动人的花,都是满目空寂里不经意间发现的一朵,像冰山雪莲,像空谷幽兰。

山花烂漫

漫山桃花,应该就是桃花源了,这个意象的绑定得感谢陶渊明。每年春天一到,我所住的地方,杏花桃花樱桃花就开满山,如果再赶上一场小雨,那就真的有古意了。我会在云层比视线低的时候，坐到杏花树下喝茶，风一吹，花瓣落在杯子里，那是一种恍若隔世的存在，有让人不愿醒来的穿越感。太美好了，一般这个时候我会想，时间就停在这儿算了。

但是漫山桃花在邻居村民看来，和麦子开始生长、蚯蚓从土里爬出来一样，只是宣告春天到了。冬天，邻居砍掉了后山好几棵杏树烧柴火，在他们眼里，所有的花都和食物有关，所有的树，都和柴有关吧。

玉兰花语

我不懂花语，总觉得在用花语给花赋予含义这件事上，限制大于价值。我只凭直觉去判断对一种花的好恶，并且有着不可理喻的苛刻。

肉厚蠢笨的花，像马蹄莲、百日草，我就不太喜欢。我觉得花应该娇嫩一点，楚楚动人——你说一朵花长得坚实又强壮，这是要保护身边的小小草吗？但也有例外，玉兰花我还挺喜欢的，虽然肉肉的，但很温润，像个爱干净的村姑。

叶片不好看的花我也不怎么喜欢，比如剑麻，开出了那一串的叮叮当。广玉兰，一树的叶子硬得像蒲扇，别的植物风吹起来都是呜哇呜，呜哇呜，到了广玉兰，风一吹——哗啦哗啦哗啦哗啦……可谓五音不全。

常见的花我也不喜欢。花卉市场里的大部分植物我都很排斥，因为用它们来装饰空间的太多了，比如只要是个小店，就会放着一盆绿萝。

当一种植物被一种环境普遍使用的时候，这种植物就和人们对那个环境的印象绑定在一起了。比如我们看到向日葵，就会想到凡·高；看到玫瑰，就会想到情人节；看到爬满院墙的蔷薇，就会想到欧洲风情。这便是植物的意象，也就是它的象征性。所以归根结底，我排斥的，只是一些植物所象征的俗气。

掌管四季的神，都是在一夜之间完成工作交接的

农历八月过完了，椿树和杏树已经开始落叶。没有风，最早泛黄的那些每天都会落一点。大概农历十月过半，每片叶子都枯黄的时候，一阵风过，冬天的枝干就出来了。杏树挺有意思的，叶子还没长出来的时候就开花，最早宣告春天，又最早宣告秋天。

很准时，每年树叶只要全部枯完，就会有几天特别大的风，去摇晃那些树，让人以为四季的转换好像都是一夜之间完成的。

夏浴风，冬沐暄

昔者《列子·杨朱》有云："宋国有田夫，常衣缊黂，仅以过冬。暨春东作，自曝于日，不知天下之有广厦隩室，绵纩狐貉。

顾谓其妻曰：'负日之暄，人莫知者。以献吾君，将有重赏。'"

一直觉得，"负暄之献"完全是个正面的故事，只是后世解读的时候，朝着反方向去了。你看，宋国有一个农民，家里很穷，但晒太阳的时候，却能沉浸于晒太阳的幸福中，并且他意识到，那种幸福，是很少有人发现的，王肯定也不知道。他在太阳底下，被暖暖的光铺满全身的时候，其实恰好是他开悟的一个瞬间。那个瞬间他发现，这个世界上没有多少人真正心无一物地感受过"晒太阳"这件事，王肯定也没发现过这个秘密。

就像我觉得，其实没有多少人会发现一朵小花的楚楚动人，并想要分享给别人。

有关榆钱

榆钱是榆树的种子，圆形，薄薄的一层皮，包着一个瓜子仁大小的核。榆钱长得像铜钱，谐音是"余钱"。古人为了让生活更阳光一些，会通过很多谐音臆想出富贵或者吉利的话，以自我催眠。在谐音的关联上，脑洞开到令人发指的地步。

我们一家人都不喜欢吃鱼，但每年春节还是一定要买两条，并且越大越好，大到清蒸时都装不进盘子，大铁锅也按不进去，最后只能是切切剁剁炸成鱼块。我爸说："年年有鱼（余）嘛，鱼越大，余得越多。"

之前看过一篇帖子吐槽日本学者野崎诚近关于中国风俗研究的著作《吉祥图案解题》。画两个柿子、一个如意，就是事事如意；画一棵柏树、两个柿子、一个如意，就是百事（柏柿）如意（我觉得可以省事一些，画一瓶百事可乐和一个如意）；画一只豹子，头顶上飞着一只喜鹊，就是报（豹）喜图；豹子换成獾，就是欢（獾）天喜地；画只蝙蝠和一个桃，叫福寿双全；画一只蝙蝠和一个带眼儿的铜钱，就是福在眼前。蝙蝠作为福的谐音也说得过去，毕竟有个蝠，可是画个葫芦，叫福禄，就实在有点牵强了。

榆钱好吃，但很少有人摘，起码我们村现在都不吃榆钱了。小时候在北方农村，春天家家都会吃榆钱，现在不吃了并不是因为榆钱不好找，而是因为以前人吃菜都只能吃季节菜，吃了一冬的萝卜白菜，开春终于有了绿，就采各种野菜来换口味，野菜也就成了主食。现在不管是超市还是集市，蔬菜完全没有季节之分，爱吃什么菜，一年四季都可以吃。

另外可能是因为榆钱的采摘实在太过烦琐。昨天吃完早饭，我提着篮子去找榆钱，爬树、采摘、清洗，忙活了两三个小时，蒸好开吃的时候已经是中午一点多了。吃完还要洗筷子、洗碗、洗锅、洗盘、洗蒸布，感觉午饭吃了一整天。生活在当下的节奏里，早已没人愿意花费这么久的时间去做一顿家常饭。

榆钱好吃，比我吃过的苜蓿、茵陈更好，口感筋道，略有清香，据说还有健脾安神之功效。当然，食物的功效是很套路的说法。其实每种食物都或多或少会对人体有影响，而营养最好的还是平日常吃的五谷杂粮——大豆、青菜、红薯、面粉，只是每天都在吃，毫无新鲜感，就被无视了。

养生我不懂，但如果人体是和万物连在一起的，最佳状态一定是总在努力达到某种平衡。比如晚上睡好，白天活动；冷了穿厚点，热了穿薄点；疼就哭，高兴就笑；阴天就在床上看电影，晴天就到门口晒太阳。有茶、有水、有粥、有米、有菜、有肉，和万物都达到平衡时，应该就比较健康了。少年元气正旺，营养都转换成骨血了，但一到中年，身体代谢功能就开始变差，吃得不多，体重也在增长，这个时候节食就是最好的平衡。不过，平衡与节食，对应的刚好是规律和节制，前者是目的，后者却是修行。

榆钱我只吃过拌面蒸的，还没有试过生吃和煮粥。据说生吃的话，只需要洗干净，撒点白糖就行，微甜，更能吃出榆钱的清香。如果喜欢吃咸，做法同凉拌黄瓜。煮粥也是看个人口味，据说做成咸粥的比较多，像葱花榆钱粥、榆钱虾仁大米粥，还有榆钱炒肉片。蒸榆钱好吃到可以连盘子一块吃，榆钱炒肉片，听起来可以连桌布一块吃。

榆树皮也能吃，不过那是饥荒年代人们不得已的选择。我奶奶说，榆树皮捣碎了煮，吃起来跟嚼不断的鼻涕一样，听得我顿感鼻塞。

河南地处中原，没山没海，靠天吃饭，只要有灾害，不管蝗灾还是洪水，就会有人饿死。古代中原又是政治经济中心，是粮食生产的主要来源，所以每遇极端统治，克扣和残害也是河南百姓首当其冲，历来饿死人的故事，都是由此传出来的。长此以往，河南人脸上就有了一种很清晰的、历史性的沧桑与苦难。

榆树叶小，幼树树皮平滑，呈浅灰色，大树树皮粗糙，呈暗灰，有裂纹，适合做盆景。盆景是微观世界，将大自然里不可触及的老树变成可以把玩的风景，而榆树皮老叶小，刚好适合用来做盆景，比例也协调。老树新芽，在案头摇摆、呼吸，非常动人。

去年在后山，挖了棵榆树，养在院子里，三五年大概能成形。今天我去看，发了很多新枝，估计明年就会结榆钱。到时候想摘榆钱就不用爬树了，直接搬个小板凳，就可以像下棋那样，在树下坐着摘了。

荠菜好吃，或在于"采"

在我吃过的野菜里，荠菜并不香，也没有蒲公英那种明显的苦味，但我很喜欢吃，估计是因为很难嚼，口感跟吃草一样，吃起来有种做羊的幸福感……咩——

每年三四月，我都会在附近找一块藏着荠菜的草地，挖上一小筐回家吃。有时跟鸡蛋一起炒，有时焯水凉拌，偷懒时就直接下面条。只有朋友来的时候才会考虑包饺子——做馅擀面皮太琐碎了，但准备起来越费时费工，越表示重视。这也是为什么北方人选择饺子作为待客的主食。

话说浪漫也是如此，简单的事情复杂化就是浪漫。比如，对有的女孩来说，求婚时在本地买一束玫瑰花，就远远没有精心策划买一束生长在异国他乡的花，更能让她狂喜与满足。你看那些特别有张力的爱情故事，基本都是女生不断地给男生制造困境，给生活中很多本该轻松做到的事设置很多障碍和陷阱，让男生在过程中翻山越岭、斩虎杀龙，历经磨难，最终筋疲力尽，得到一个甜蜜的拥抱，同时满足两人的存在感。

越是费时费工就越表心诚吗？佛祖就是这样炼唐僧的。

记得朋友说，一般往年种过麦子的地里会长荠菜，我就拿着小篮子和小铲子，找了一块觉得"应该会有"荠菜的地，但转了两圈发现，都是骗人的。那块儿地里一株荠菜都没有。后来我看西昌兄写关于荠菜的文章，说"荠菜多生于路边、渠垄和田间。路边顺风，荠菜也就色泽深沉，相对显老；渠垄近水，荠菜多鲜嫩肥美，体形硕大。生于田间者，因有麦苗掩蔽，受光调节，生长匀速，故而味道最好"。听起来似乎有些道理，因为我发现，近水或常被人踩的地方的确容易长荠菜，比如我院子里每年都长很多。

挖荠菜和吃荠菜的快感不同。在长荠菜的地里挖荠菜，很有做梦捡硬币的快感。有时候看见一窝好几株，一瞬间就像看到有光打在那些荠菜上。捡破烂的老汉看到一个地方丢有一大堆矿泉水瓶子，跟寻宝的海盗看到一堆金币，两种快感的强烈程度是差不多的，都是"发现"了自己最想要的东西。这也是为什么同样是发两百元的红包，五十元发四个，比直接发一个两百元的更让人开心。收到红包时的声音，就像超级玛丽顶蘑菇，神庙逃亡吃金币，叮叮叮叮叮叮叮叮叮叮叮叮叮叮叮……

注意力很有意思，当你去使用它的时候，所有的事情都正在发生。以前我不认识柴胡，就从来没见过柴胡，认识了柴胡后，到处都能看见柴胡。

一般靠路的斜坡上会长很多肥大的荠菜，每次我都只顾低头顺着找，一抬头，才发现走了好远。这让我想起一个段子：据说珠穆朗玛峰最年轻登顶者的纪录被一个十三岁的女孩刷新，她本来没想要爬山，只是走在路上低头玩手机，一抬头就在山顶了。专注起来没时间，采蘑菇的小姑娘就是这么走丢的。

有一年我带奶奶来山上避暑，刚好那段时间是核桃成熟的季节，奶奶特别兴奋，每天都拄着小棍到斜靠山坡的核桃树下打核桃。我当时特别生气，对她说："这太危险了，你要想吃核桃，我给你买几斤，你都八十岁了，走路都让人担心，要是出了什么事，我怎么向我爸交代啊!!!"（我很少用感叹号，这次一下用了三个。）但她不听，早上起来刚坐一会儿，就假装无聊，说想去附近邻居家转转。到中午回来，就用衣服包了一兜核桃，远远走来，抑制不住地笑。才一个多星期，她打的核桃用装粮食的口袋装了满满一袋，有四五十斤重。

那年夏天，我本来想让她待久一点，但因为核桃的矛盾，半个月不到，我就把她送回去了。那天在火车站，烈日灼肩，我扛着一袋核桃，后面跟着个佝偻蹒跚的老太太。我扛累了就在地上拖着，一路走一路埋怨，实在想不通，核桃在哪儿不能买？非要让我从山上扛下来送到河南！

整个过程，我努力调整着自己的不满，尽量舒展眉头跟她聊天。直到检完票进站，在地上拖久了的口袋磨破了它的最后一层皮，在进站台时终于炸裂，圆滚滚的核桃从袋子里滚出来，像弹珠一样铺满了整个楼梯。

我当时因为生气，很难理解奶奶。其实当她来到山上，听说这山上有很多核桃树的时候，内心应该就做了一个换算：驻马店买一斤核桃要十几二十元，说明一个核桃起码也有几毛钱了。在我奶奶的心里，这漫山遍野挂在树梢上的都是一毛又一毛钱，那迎风晃动的核桃果就像叮叮当当响的摇钱树。对于一个穷人来说，这种便宜捡起来，绝对比任何采摘都更有吸引力和快感。想想当时我说的话，"你想吃，给你买几斤"，简直太粗暴了。

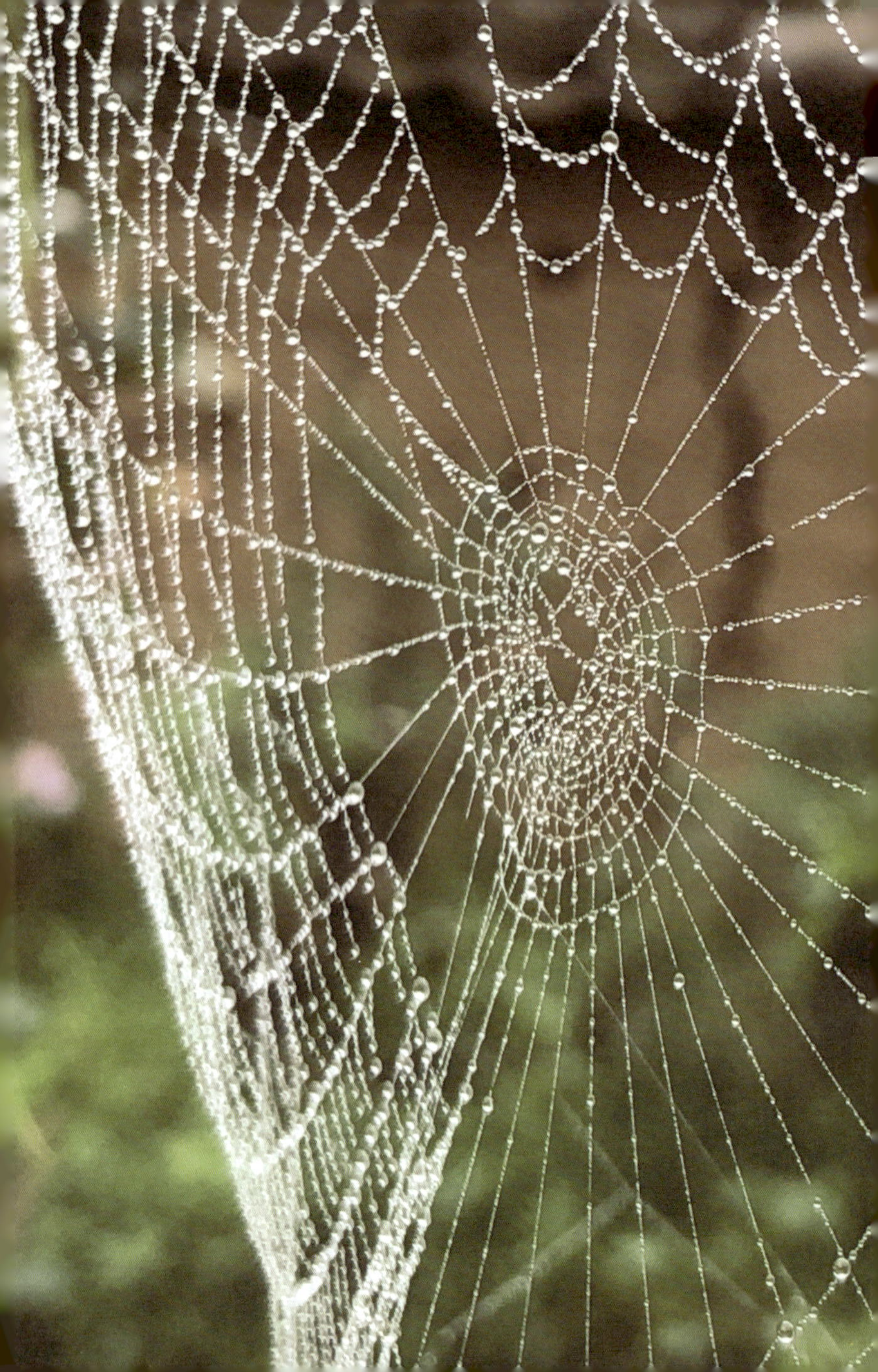

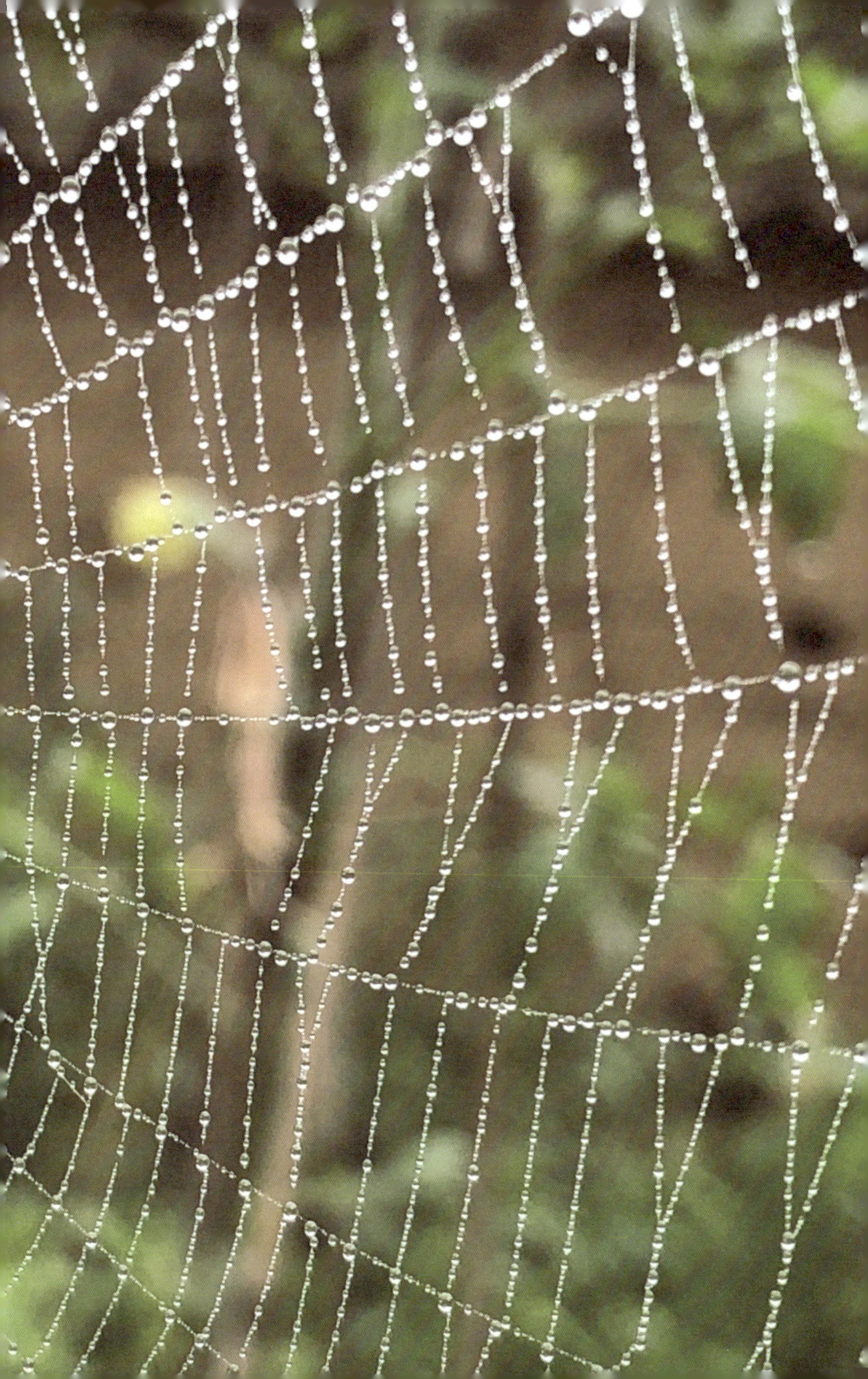

再见"肾池"

村里人都不太情愿给我干活,因为我总是要求返工。

刚来的那年,后院很窄,离墙基五米之处就有一道山石墙体挡住,没有排水沟,雨水只能往地面渗透。凭着自己的小聪明,我以为将后院的地面拿土垫高一点,从墙基向外延伸,垫出一个"斜面"来,积水就可以流得离房间远一些了。

于是我就一车一车地垫土,将水引向离房子五米之外的山石墙体下面,路过的邻居都说我勤快。工程干完后,我很是满意地看着那个斜坡,感觉能看到未来大雨的某一天,房檐下的水像万千条河流,自高向低汇聚到石头坡墙基,咕嘟咕嘟地往下渗透。

不过生活马上就证明了我的愚蠢。原本我房屋室内的地面和室外后院持平,但被我垫高后的后院地面,高出了室内地面三四十厘米。一场暴雨过后,雨水从房檐落下,的确如万千河流一般在山石墙体下汇聚成了一个水坑,但这些水,并没有如我想象的那样全部渗透到地底,而是大半都被我垫的土给吸收了。也就是说,我费了很大功夫,给后院铺了一层储水海绵,并且由于是阴坡，还没法晒透、拧干。

隔了段时间，邻居们就又看到我，一车一车地往外推土。

我院子的外墙顶最初是大块红瓦，修修补补多次之后，我依然不满意，觉得不好看。于是就让老龚帮忙，给换成了小蓝瓦。

之前一墙之隔的房子被我租了下来，两个院子，功能有区分，一个休息做饭，一个写字画画。后来我就找人在两个院子衔接的侧墙上开了个门。但门装上没几天，我就发现，这个门和我想要的"视觉效果"差得太远。在我看来，老院子是土墙，敦实厚重，新院子是篱笆墙，轻薄透明，墙是实的，篱笆是"虚"的，虚的篱笆只是形式，在实实在在的墙体面前，相当于空白。好比一个四面精钢寒铁的保险箱，门是木头的，远看就像是塌了一个豁口，完全破坏了我内心的"整体性"。

于是，我就又找邻居帮忙，拆了门，把墙补上。

每次买回家的植物，樱桃树、葡萄树、一些好看的花，我都会犹豫很久到底栽在哪个位置能让节奏感更完整。在我看来，每一株植物的位置，都应该与整个空间平衡——就像"123"，不管是从语感还是结构上看，都比"1234"更有节奏感——以至于常有植物在我的迟疑犹豫中枯死。有时即使栽好了，隔几天，我又觉得构图有些偏，挖出来调整；或是脑中突然有新的布局，不得已再挖出来，挪动位置。

有棵葡萄树被我挪了三次，今年终于找到了适合它的位置。

最极端的是我的水池了，返工了五次，都没有让我彻底满意。

第一版水池，是我自己凭感觉挖的，想着应该有点像画板的形状，一个椭圆，其中一个边像苹果咬掉的一块，当然不是那种有棱角的缺口，而是一个有弧度的凹陷。但挖好后，怎么看怎么像个腰子，这太讨厌了。

都可以烤串了。

接着我就砸烂砖砌的边，又像后院垫土那样，搬了几十块大小不等的石头，码了一圈，目的是用不规则的石头，破一破它圆滑的弧度。但垒完石头，我绝望地发现，辛苦数天的第二版只是从一个圆润的"肾"，变成了一个有棱角的"肾"……

这太补了。

于是，我又找人，把那个池子的一角给填充上，修成了第三版的，一个有点尖的"肾"……

一个冬天过后，水池第一层的防水被冻得炸裂开来，严重漏水，到了春天，我只好又在原来抹过的水泥上，刷了一层防水胶。但才蓄了两次水，就发现这根本没用。我只好又跟朋友一块儿跑到北郊买了两卷防水材料，重新覆盖、和水泥，做了第三层防水，把之前码在边上的石头一块一块搬出去，换成土（感觉石头太高了）。那个池子，也终于被我彻底填成一个圆。

如果第五版不再漏水，可能我也不想再折腾了，都成负担了。但做了三遍防水，如今上半部分依然不定期渗水。因此，我看着那个水池越来越不顺眼，好像挖得太大了，又好像圆形的边缘没节奏感。

山 野 之 气

最近找了很多理由来证明它可能根本不应该存在。比如为什么做了三层防水还是渗水,是不是这个水池离正屋太近了?听说窗户是房子的眼睛,所以前面不应该有水池——这里面,一定有某种联系。再比如老忘换水,太麻烦了。挖水池的时候,我能找到很多必须挖的理由,现在我想填平它,一定也有同样多的理由,人总能找得到让自己心安的药。

半个月前,我因为想看三月杏花映在水里的倒影,拿起铁锹就在外面院子的杏树下挖了一个水池。有之前五版水池的经验,新的水池一遍就成了,不管是位置、防水还是造型,都很完美。我发现之所以我强迫症般不能容忍那些瑕疵,大概是因为我把眼睛所看到的大部分图像,都当成图纸对待了。来来回回考虑的就是点、线、面、光影、疏密、平衡、节奏感这些事。

我每天都有这种病态的瞬间。今天中午收拾桌子时,杯子的摆放位置,我都调整了两次。

和江伟聊天发现,江伟也有这个习惯,在山里住的这两年,每次见他,他都在干工程。我感觉他除了做琴,就是调整院子。前天去他家听琴,前院格局又有大变。

我曾有所迟疑,这样是不是不好,但很快我就找到了自己的药。这可能是因为我们都是美院毕业的,又没有盖房子、造园林的经验,所以在自己家院子里,整天就像画草图一样,来来回回调整它的节奏和完整性。返工没什么可惭愧的,不就是涂抹、重建吗?一幅书法的完整性,就在于结构、节奏、线条

等，每个布局都恰到好处，不可替代，没有缺陷，没有败笔，没有不满意。我相信不管是诗歌、散文、绘画、音乐、舞蹈、建筑还是电影，一个好的作品，首先具备的就是它的完整性，从进入到收尾，一气呵成。

　　某种程度上，这种在审美上的偏执，正是组成此刻的我的要素。因为万物在我看来都有疏密、节奏、点、线、面，所以我才能在那些缝隙里，找到自己留白的空间。

借山而居

草棚记

给隔壁院子圈墙的时候,我一直在想,到底怎样的大门才能搭得上那道只有"形式感"的墙(当时出于无奈,没有路,砌砖墙得背砖,砌泥墙工程量太大,就只能砍点儿树枝,临时圈了个形同虚设的墙)?最后想了很久,让村里邻居帮忙,花了一天时间,盖了一个带盖儿的小门楼。小门楼有两根柱子,上面是竹子做的顶,铺着两块藤编的簸,下面有两扇竹片扎的门。

帮忙搭门楼的工人在快收尾的时候,我就已经发现这个门楼的丑了。太丑了,怎么看都不是我想要的。门楼左右两边的两道篱笆墙作为两个长方形的面,低矮稀薄,中间立着这样一个头重脚轻的门楼,显得正式又不得体,就像一个穿着大了两号西装的矮子。我的本意是配一个和那些篱笆一样轻松的、笨拙的、随意的门。轻松不轻薄,笨拙不蠢笨,随意不刻意,更不能任意。

一定是顶太大的缘故。第二天,我就搬了梯子,举着切割机,将顶的两面切窄了一部分,把门换成了木板。然后我又站在远处,反复审视,就像手拿铅笔对着写生物体感受比例。最后发现,藤编的顶似乎太轻了点,重量不足,应该多一层覆盖物压一压重心,于是我就割了很多蒲草铺在上面。等一切结束,门楼造型也差不多平衡了,我又突然发现一个比它的造型更无法容忍的败笔——这草棚太像"草棚",实在太浮夸了。

终南山这两年太流行住茅棚。很多人一看到住茅棚的出家人,就觉得遇到高人了,导致我对茅棚有一种生理性的排斥,因为隐居这个词和太极、神医、禅、道、书法等这些概念都太容易形式化了。能不能不那么像个隐居的,敢不敢像个"家"?

我曾认真思考过一个问题:为什么那些跑到山里修行的妇人穿着白裙、戴上斗笠或草帽时,看起来那么突兀,而农民在田里除草、收割时戴着草帽,看起来就浑然天成呢?

大概是因为农民的草帽是用来遮阳的,在他收割时,草帽的遮阳作用和肩上毛巾的擦汗作用一样,都是出于实用的需求,草帽在他头上,没有任何实用之外的其他价值。而那些穿着白裙的妇人头上的草帽,大多是用来装饰的。想起公度说的:"为什么那些抚琴的,不敢穿大裤衩表演呢?你想想,一个人,穿着大裤衩、拖鞋抚琴,太自信了,有魏晋风。"

"雅"和"俗"本身并没有什么区别,一个高雅的人并不会认为自己的行为讲究很高雅,因为那是他的常态;一个生在底层的世俗之人也不会认为自己很俗,行走坐卧放荡不羁,布衣蔬食鸡毛蒜皮,那也是他最基本的状态。之所以大多数时候我们觉得一个人"造作",或者"俗",是因为那个人的行为姿

山野之气

态和自己的本身面貌不符。比方说，来自上流社会的精致贵人甲在公共场合抠鼻屎、讲黄段子，你就会觉得特别俗、特别不适；而靠喂牛种地养家糊口的村民乙，非要省吃俭用花很多钱买块名表来显示自己的格调，也很俗。

真正有格调的人对格调这件事，是不以为然的，他所有的选择都象征着格调；只有需要让别人知道自己格调很高的人，才会对表达格调这件事很用心。这也是为什么很多精心装扮的人看起来土气、浮夸，因为充满了某种不属于他的错位感。

最早的百衲衣是贫困或节俭的产物，让人敬重。后来有人发现百衲衣象征着节俭的同时，还衍生出一种象征着苦行僧的盛德遗范，于是好好的衣服不穿，非要一件件撕碎重新缝起来，或者直接买一件百衲衣来穿。于是百衲衣在人身上就变成了表演的工具。

最早的金缮是贵族人家心爱的玩意摔破了，因个人情感或物尽其用之美学情怀，找了匠人将其残缺部分修补好。后来有人为了表现自己也有同样的贵族审美和情怀，就将好好的杯子故意摔破，再找人修补，放在案头装点门面。

可是草棚是一样的草棚，草帽是一样的草帽，百衲衣是一样的百衲衣，杯子是一样的杯子，物是没有区别的，怎么判断真伪呢？

还是有办法的。为什么暴发户用个奢侈品包包就是暴发户，而贵族用起来就有贵气呢？因为这个包不是孤立的。要用这个包，除了全身行头的价格品位都要和这个包的价值匹配之外，身份、格调，更重要的是举手投足间流露出的学识、涵养、见识、审美、素质等等，都与其匹配吻合，这个包才不会突兀。

说白了，就是搭不搭。真正雅俗或真伪的界限，并不是雅俗或真伪本身，而是一个人的行为姿态在属于自身的语境里是否突兀，是否让你感觉到明显的刻意、浮夸、做作和虚假。

所以我每天早上开门看见这个门楼，都很反感，一个星期之后，终于忍无可忍，拿锯给干掉了。

风水的意义

所谓风水,其实就是环境心理学。比如人们习惯在住的房子一侧放块石头(泰山石),就是源于人的动物本能。你去注意猫,便会发现,猫喜欢靠着一个东西卧。一块平地上,放块砖它就靠着砖,放本书它就会靠着书,因为靠着一个东西会比空无一物更有安全感。人在房屋一侧放块石头,就是源于动物本能的安全感。黄哥说,客厅可以大,是用来活动的,但卧室要小一些,聚气。聚气听起来很玄妙,但其实还是一种心理学,人在睡觉的时候,是没有戒备和反抗能力的,所以更加缺乏安全感,而小的卧室,确实会有被包裹的踏实。

人类最初的巢穴是山洞,那么这个山洞的位置一定是"藏"比"露"好。换作风水的讲究,这个建筑的位置,在半包围的"凹"形处,一定比那个横"凸"出来的要好。大多数风水,都是在环境的布局上,填补或契合人内心的需求。比如最好的风水就是通透无遮挡,开阔不闭塞;近水,不要水太多,也不要水太少;光照,不要暴晒也不能晒不到;通风,不要大风吹,也不要吹不到;等等。平民百姓不能太"显",但皇宫衙门就可以露一点。凡夫俗子的目的是过日子,不能太偏,但宗教的目的是"天",道观寺院就可以盖在山林之上、云雾之间(自古好山多僧占,就是因为僧人选择道场时,对象是"天")。恰到好处,又能满足各自所需,就是风水。

当然,过度讲究风水的话,就是作茧自缚了。有天我的房东上来,要把门口那棵我修过的像盆景飘枝的槐树给锯掉,说是往外长的树不好。我问他为什么不好,他回答,往外长,钱财都出去了。后来我发现,不同地方的人对院子里的树都有不同的讲究,比如院子里不能栽杏树,因为红杏易出墙;门口也不能栽杨树,杨树叶子风一吹哗啦哗啦响,声音特别大,俗称"鬼拍手";不能栽桑树,因为桑与"丧"谐音;不能栽槐树,因为槐字有"鬼";不能栽松柏,因为松柏都是坟头栽的;不能栽梨树,因为梨与"离"同音……按照这套路,也不能栽柿子树,什么"事事如意",明明是柿(事)太多了;也不能栽桃树,栽桃树的也容易离婚——栽那么多桃树干吗?出于什么居心?是盼着出门就有桃花运吗?所以我感觉,如果有人要把每个地方不同的讲究都一并实践的话,就只能住在沙漠里了。

一切风水的讲究都是为了居住的舒适感,一旦开始要求更多,比如升官、发财、康泰、兴隆、一帆风顺、财源广进,就会讲究得更多,条条框框也更多,直到把自己捆绑得举步维艰。我老家以前的院子很大,有六七亩地(是一个停办了的小学),上厕所都骑自行车去。每年放假回家,我坐在客堂下面晒太阳,都可以眺望很远。但后来我爸妈养猪没赚钱,养鸡遇到禽流感,

借山而居

最低谷的时候又遇到我哥生病，我爸的悲观没有出口，就怨天，找看风水的人过来看。看风水的人在我家转了一圈，说我家院子太大了，不聚气，容易散财。于是我爸就在原本七亩地的大院子里，圈了一个前后一百平方米的小院，住在里面。后来我每次回到家坐在院子里，看着墙外的天，都觉得很荒诞。

我见过很多农村人，自以为很讲究、风水很好的房子，其实居住环境都很差。好端端的小院，一定要盖满满的房，越多越显富态，每一个环节的讲究，都是在有所求。为了显得有钱，不该建高的墙建得很高，不该建大的门建得很大，跟监狱一样。多好的风景，都被他们浮夸的表达破坏了。

我一直觉得老房子好看，因为它的一切都是在模仿自然。三角形的顶，一定是按照山的形状建的，人是动物，房子就是小山。不管是土坯、木头，还是砖，都从自然而来，而它不与自然争艳的灰色调，开阔平静，体现着中国人稳重内敛的美学。很单纯，很直接，古人造房，参照之物就是"天、地、人"。中国人的哲学里，"人"即是宇宙，风水学就是研究宇宙与"人"的某种和谐。

但我有时候也会矛盾。或许"天地"的存在，就是为了"人"，而我所讲究的美学，本身也没什么意义。比如我爸，自从把大院子改成小院子之后，内心就安慰了很多，也许那就是风水对他的意义。

动物江湖

这个小孩，长了一身的毛

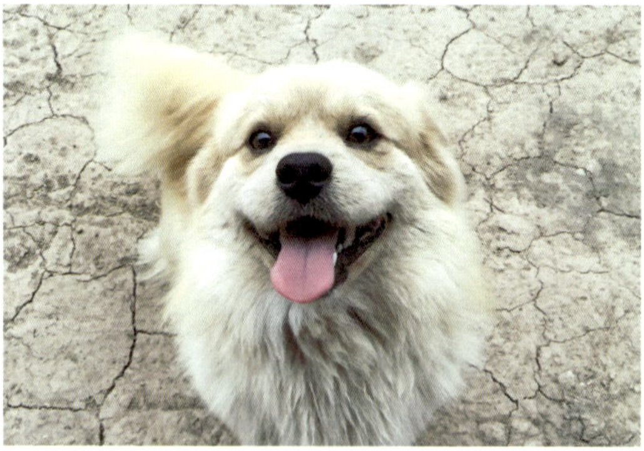

山居速写

猫

想象一根小木棍，拨来拨去，想象它会动。
看上去很无聊。

狗

冲一团纸叫，再用牙撕碎，厉害吧？然后叼一只鞋，满院子跑，放地上之后，再叼来另外一只。

鸡

醒来就低着头找虫子，或者像一摊泥，趴在地上，晾羽毛，晒太阳，长肉。

鸭

没注意过它，与其结缘，只是因为它生来向上弯的嘴巴。

松鼠

会沿着树枝，蜻蜓点水。
会笑。

屎壳郎

溺水十几天了，还在挣扎，你就装吧……

牛虻

快活于牛背,猝死于苍蝇拍。

喜鹊

落在门楼脊梁上,然后沿着墙,跳到地上。走起路来,尾巴左右摆;叫起来,似泼妇骂街。

知了

这个夏天,万只蝉鸣,只有一只,以卡壳的悲剧,拒绝平庸。

蝈蝈

母的不会叫。
这说明,男生追女生,是天性。

不知道名字的鸟

叫声像吹口哨,像《阳光灿烂的日子》里围蹲在街头墙角,冲着白裙子吹的流氓哨。

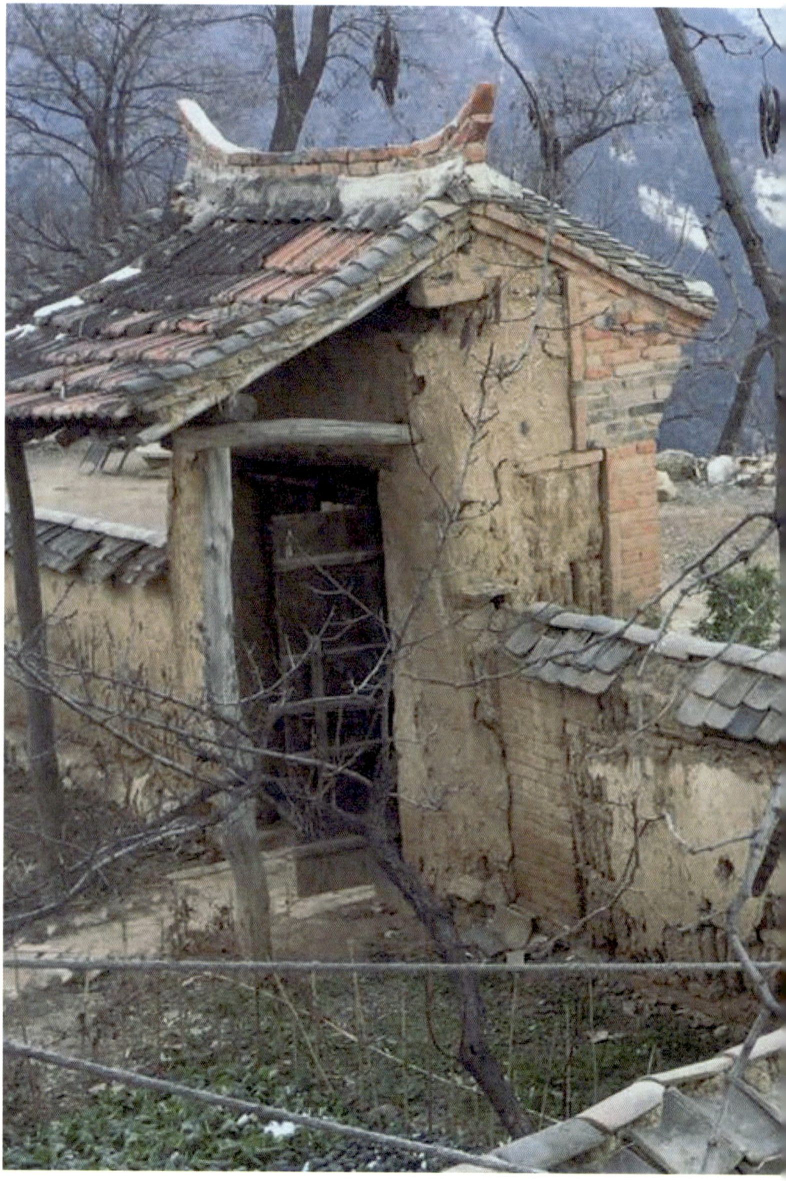

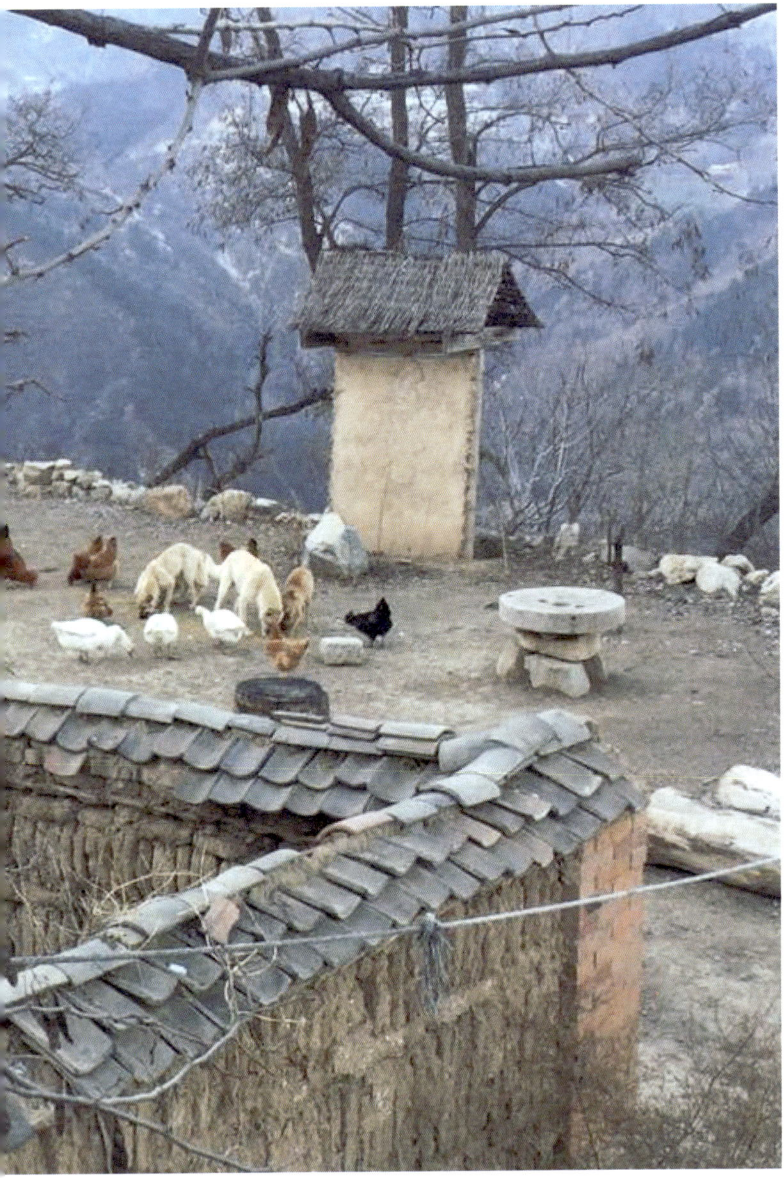

蛇

其实,蛇遇到危险时,爬行速度超快。但这条柠檬黄黑斑蛇,快被我踩到了,还慢悠悠匀速堵着路。

说明它很蔑视我。

飞蛾

飞蛾扑手机。

蚂蚁

三只蚂蚁在打架。其中一只,被另外两只夹攻。

地狗子

生活在土里,位于植物的根部,偷吃花生、红薯之类植物的大反派。

生活在土里,想想都很嗨。

鹅，鹅鹅

刚开始住上来的时候，一个人，多少还是会有点慌，就从邻居家借了只鹅做伴，有个动静。可那只鹅太难处了，性情暴烈，见人就扯着脖子啄，感觉脑子不是那么好使，我养了狗之后，就给还回去了。

后来买鸡苗时，看到有卖鹅的，便买了只小母鹅。一只鹅有点孤独，整天跟鸡混，很迷惑，所以第二年我就又买了两只鹅。

养了另外两只后，我才发现，养一只鹅时，它会和人特别亲近，走哪儿跟哪儿，很温顺，但要是有两只或三只鹅，或者即便是给它一只鸭子做伴，它就会对人变得冷漠，于是你失望地发现，原来它根本就不爱你，只是没得选择。

新添的两只鹅，有一只也是母的，不知道是不是品种问题，形象气质要笨拙很多。不过这只母鹅虽相貌憨厚，身材粗壮，性格却很细腻，常常独自伫立，失语发呆。有一次，我在屋里写东西，看见它在门外站着，像按了暂停键。几十分钟后，我都写累了，它还像个道具一样静止着，像个雕塑，直到我走过去冲它双手一拍，大喝了一声，才算给它解了穴。有时候我挺好奇的，不知道这只呆头鹅在思考什么，我时常看到它扭转脖

子，一只眼睛朝上一只眼睛朝下那样偏着头看天，感觉它似乎比另外两只鹅，更想了解这个世界。

但鹅大多挺呆的，呆到令人叹息的程度，不然也得不到"呆鹅"的称号（驴应该也确实很"倔"）。鹅的脖子很长，跟长颈鹿的比例很像，两只眼睛被脸从中间遮挡，就像把人的双眼挪到两只耳朵的位置上，所以它走路永远只看左右两边，脚下有什么盆盆罐罐，全部都能踏翻，有时候吃了一半的饭碗儿，一转身就踩进去了，还把自己吓得惊慌失措，以为踩到了什么暗器，滑稽窘迫感令人哭笑不得。鹅掌很宽大，特别能粘泥，下雨天如果路湿泥多，鹅在外面走一圈，回来一只脚能粘一斤泥，走起路来，像绑着两个沙袋；鹅的唾液也很厉害，地面被鹅啄出的坑，自带防水功能，下雨天存的水，很长时间都不会渗。

鹅每年能产六十到一百个蛋，下蛋的季节，基本可以保证两天一个蛋，很卖力，冬天也不忘工作。鹅蛋很大，仅是蛋黄都有一个鸡蛋那么大。很多人觉得鹅蛋草腥味重，不怎么爱吃，但我好像并没觉得有什么腥味，我都是炒来吃的，跟鸡蛋的口感没什么区别。

母鹅每年到了孵蛋期，会在窝里卧上一个月，那是非常辛苦的一段时间，几乎不吃不喝，白天黑夜在窝里卧着。我不太想再添小鹅了，所以每次鹅在抱窝时，我就会过去把鹅蛋拿走，让它空卧着，希望它能早点意识到根本没蛋的事实，早点下窝。但每次到了孵蛋期，即便怀里空空的，母鹅也会坐满一个完整的周期。

刚上山的那年，我用画框和画布给鹅搭了鹅棚，还捡了很多木棍儿在鹅棚周围扎了个小院。开始那些小棍围扎的小院还很有用，很长一段时间，它们都待在里面。直到有天，一只鹅跳了出去，那个小院就再也挡不住它们了。一会儿没看好，鹅就会飞出来，把院子里的青菜吃个精光。挺可恨的，你知道辛苦种的菜还没长成就被鹅扫荡一遍的惨痛吗？然后我就把鹅棚拆了，把它们赶到了院子外面。

赶到外面生活的三只鹅，就像三台割草机，不出一个月，附近能吃的叶芽，基本都给吃光了，弄得我在院外种的花都长不起来。有时候觉得它们对花和草也没分辨能力，忍忍也就算了，但后来它们直接跑到我的苞谷地里，把刚发芽的苞谷苗当零食，这就让人忍无可忍了，气得我把它们三个关禁闭，惩罚了一个多月。但我发现，严刑酷法并没有什么用。鹅脑容量小，不像狗，你揍它、惩罚它，它便知道问题所在，知道你的愤怒，知道你的底线，但你要跟鹅较劲，鹅就会觉得，都是你的错。

所以我说要想养好鹅，必须像养鸟一样有耐心，因为鹅不但从来没有错，而且只会记得你对它的坏，很难记得你对它的好。你每天都小心伺候它，哪天它犯了错误把菜吃了，你只要敢冲它发一次火，你之前对它的好就全被推翻了。这点就不如鸡，鸡是那种没脸没皮的，打也好，宠也好，都记不住，也不往心里去。

鹅除了吃草，还吃我种的粮食。最初是麦子，但麦子颗粒小，价格也高，消耗很大，后来就换成了玉米，不过鹅好像并不怎么爱吃玉米，估计有点噎嗓子。后来每次给狗撒狗粮，鹅都伸着脑袋跑过去抢，我才发现鹅最爱吃的是狗粮。但鹅也不白蹭狗粮，看门比狗灵，一般有陌生人靠近，都是鹅先发现，嘎嘎嘎地叫，之后狗才跟着喊，毕竟鹅是只鸟。

三只鹅在院子里，走起路来一排排，很从容，很好看，但祸害我菜地、拉得满院子屎的时候，也很讨厌。它们每天都比我起得早，一个个太阳刚出来就堵在门口叽叽嘎嘎要吃的，跟

闹钟一样吵。每天我在被窝里蒙着头被鹅吵醒时,都很后悔,觉得如果以后再养鹅,一定会选择只养一只鹅,一只鹅会因孤独、没有安全感而跟人亲近,没那么蛮横,也没那么吵闹。后来听说鹅的寿命有三十到五十年,个别条件好的,还能活过百岁,感觉是不会给我"如果再养一只"的机会了。

叫土豆的狗

1

秀秀讲他家以前有只狗，个子不高，毛很长，头发遮住半只眼，看人都是从发丝缝里看，很酷，独来独往，像个剑客。后来夏天太热，被主人按住，把毛剪了。秀秀说，剪完后，那只狗就抑郁了，彻底变了。

"土豆"也是个儿不高，毛很长，但没有那么酷，走的是呆萌路线。我一直觉得土豆这种狗应该是民间艺人雕刻拴马桩狮子的参考对象。最早狮子的形象一定是冰冷的，毕竟是西域传来的猛（灵）兽嘛，所以对它的描绘也必然是凶狠的、高高在上的、刚气逼人的。但由于狮子在古代很少有人能见到，于是在民间艺人手里就变成了狮子"狗"，有了人气。你看那些拴马桩的狮子，个个都是稚笨呆萌，憨态可掬，写满了民间匠人对宠物的爱意。这也是民间艺术最动人的地方，总是能将那些遥不可及、高高在上的东西，变成和自己息息相关的生活情趣。

2

土豆很会表现。每次我下山一趟,回来时,它都会表现出异常的欢愉,扒着我的腿,嗷嗷乱叫,表情动作都很浮夸。开始我真的以为它是太想我了,喜形于色,后来发现,并不是每一次的兴奋都是真情实感。因为有几次我回来时,行李没拿完,要折返一趟(土豆已经欢迎过我一次了),隔了十分钟我再次拖着行李上来时,又看见土豆远远等着我。我想着刚见过面,应该很淡定了,但当我走近,土豆迟疑了下,竟然还是奔过来了,跟第一次一样,重复着十分钟之前的动作:扒着我的腿,嗷嗷乱叫。不过第二次的表达,明显动作很僵硬,很勉强,表演的痕迹很重。

狗的心思还是能够轻易就读出来的,就像小朋友不会假装。

如果我下山好几天，土豆真的很想我时，我只要远远露出一个身影，它就会狂奔而来。那个时候它所表达出来的兴奋就很真诚，很感人。我也很想它。但如果我只是上午下山买东西，中午就回来了，土豆就会在远处看着我（一动不动，感觉在酝酿情绪，想着一会儿怎么表演得更真实），一直等到我越走越近（实在不想动），都快踩到它了，它才跳起来，扒着我的腿，表达它的"欢愉"。动作依旧很僵硬、很勉强，表演的痕迹很重。

3

土豆以前偷吃鹅蛋。说"以前偷吃鹅蛋"是因为现在不偷了，不敢偷了。记得那年冬天，土豆刚刚学会偷吃鹅蛋，每次我去收蛋，都看到旁边一堆碎壳。这蛋偷得太不专业了，要吃，也要叼到隐蔽的地方吃啊，这一堆蛋壳，全暴露了。后来有一天，三只鹅都在外面闲逛，我从屋里出来，刚好看见土豆正撅着屁股在鹅圈里寻摸。这下可逮个正着，于是我蹑手蹑脚走过去，一脚就给它踹到鹅圈里边去了。估计土豆正在埋头啃蛋，一叶障目，以为自己头在鹅圈里，藏得很安全，没想过后面会被人发现，只觉得屁股突然被人踹了一脚，咣当摔了个跟头。看见是我，它立马吓得惊慌失措，连滚带爬，嗷嗷叫着就跑了。

后来一段时间，鹅蛋就没再丢过。

一个多月后，我有一个多星期没收到过鹅蛋（在下蛋季，鹅基本是两天一个蛋），还以为是过了下蛋季，鹅不下蛋了呢。直到有一天，我在屋里写字，抬头看到外面下起了小雪，便放下毛笔，站起来，走到窗户前看雪。就在那一瞬间，一个黄白色的臃肿身影左顾右盼，从大门进院儿，悄无声息地走向鹅圈……这下可把我气坏了，原来还是土豆偷了鹅蛋啊。竟然学会了叼走藏起来吃，成功躲过了我的视线。于是，我怒气冲冲地推开门，快步走出去，站到土豆面前。土豆一转身，噙着一个把嘴巴撑得很大的鹅蛋，看着我，放下也不是，叼着继续走也不是，很尴尬，一紧张，竟是呆住了。

这次就跑不掉了，被我堵住，一顿好打。

驯，使顺从；化，性质或形态改变。语言不通时，音调和动作，或者说，打和骂（震慑），就成了表达情绪最快的捷径。化，其实是被奴役的结果，顺从久了，性质或形态自然就变了。疼痛和恐惧，必然是最早驯化的手段，残酷但有效。从那之后，土豆看到鹅蛋，就像看见一块带刺的石头，都是绕着走。

4

狗完全凭本能做事，像土豆，招手就撒欢跑来，挥手就蔫蔫地离开；被责骂，就低着头小心躲远点；一旦听见召唤，顿时喜上眉梢，摇着尾巴就奔过来。太厉害了，哀喜之转换，完全不需要任何过渡。就像只在古龙的小说里才会有的人物：被欺骗、被误会、被羞辱，都不会影响什么，一旦被需要，义无反顾。

5

土豆爱吃火腿肠，且吃火腿肠的样子可以用惨烈形容。城里的猫狗吃火腿肠，会把皮咬破，把肉吃完，留下皮和两头的铁圈。土豆第一次吃火腿肠时，跟猪八戒吃人参果一样，竟是连皮带两头的铁圈一口吞下去了，并且几乎看不到有咀嚼的动作。我担心铁圈拉不出来，塑料皮粘在肠胃上，就只好在每次喂狗之前把两头的铁圈剪掉，把火腿肠划成一小截一小截的。所以，为了提高效率，逢年过节想给它们惊喜时，我都会挑那种超大号火腿肠。

我觉得，等土豆老了跟别的小狗讲当年，一定是这样的："我年轻的时候吃过一样东西。那年是个暖冬，冬大大走了好几天，回来的时候从包里掏出五根又粗又壮、圆滚滚、红色包装的食物。那个东西以前也吃过，高非叔叔每次来我家，都给我们带几根，不过那是小号的，一口就吞了。到现在我只记得那种食物很香，太香了，香到现在只记得香，口感什么样却不记得了。那天冬大大回来，从包里掏出五根超大号的，分给我们吃，每个兄弟都抢到一根。太刺激了，从来没见过那么大的，比我两条腿并在一块都粗。那大概是我一生吃的最好吃的食物了。"

6

我还是很心疼土豆的。由于腿短个子小,每年发情都没有结果,因为全村没一个母狗是和它体型相当的。动物和人略有差异,人在冲动的时候,有道德、理智和法律的约束,是可以控制的,但狗到了发情期就真的什么都不顾了。土豆在走路一瘸一拐,耳朵带着伤的情况下,还会忍着剧痛翻山越岭,去往远在一公里之外的养了母狗的村民家(一到发情季,全村的公狗都去了),彻夜不归,仅仅为了能在混乱中等到一丝机会。

但可怜的是,由于腿短,又没战斗力,土豆年年发情,年年落单,快中年了,还是个"处男"。每年都忙,但每年都是瞎忙。

7

后来有段时间,我养过一条母狗,叫小七,小七成年后,土豆再也不用跑到邻居家排队了。从早到晚,一直都追着小七,在小七身上比画,随时随地,不分场合,反复做着各种不能描写的动作。但很奇怪,土豆不管做多么猥琐的动作,我都觉得挺搞笑的,大概是腿太短了,每次都只能在对方身上蹭的样子很滑稽,换了郑佳趴在母狗背上比画,我就会莫名生出一种厌恶感,很突兀的不适感。

后来我发现,应该是郑佳平日的作风、形象太正派了,当

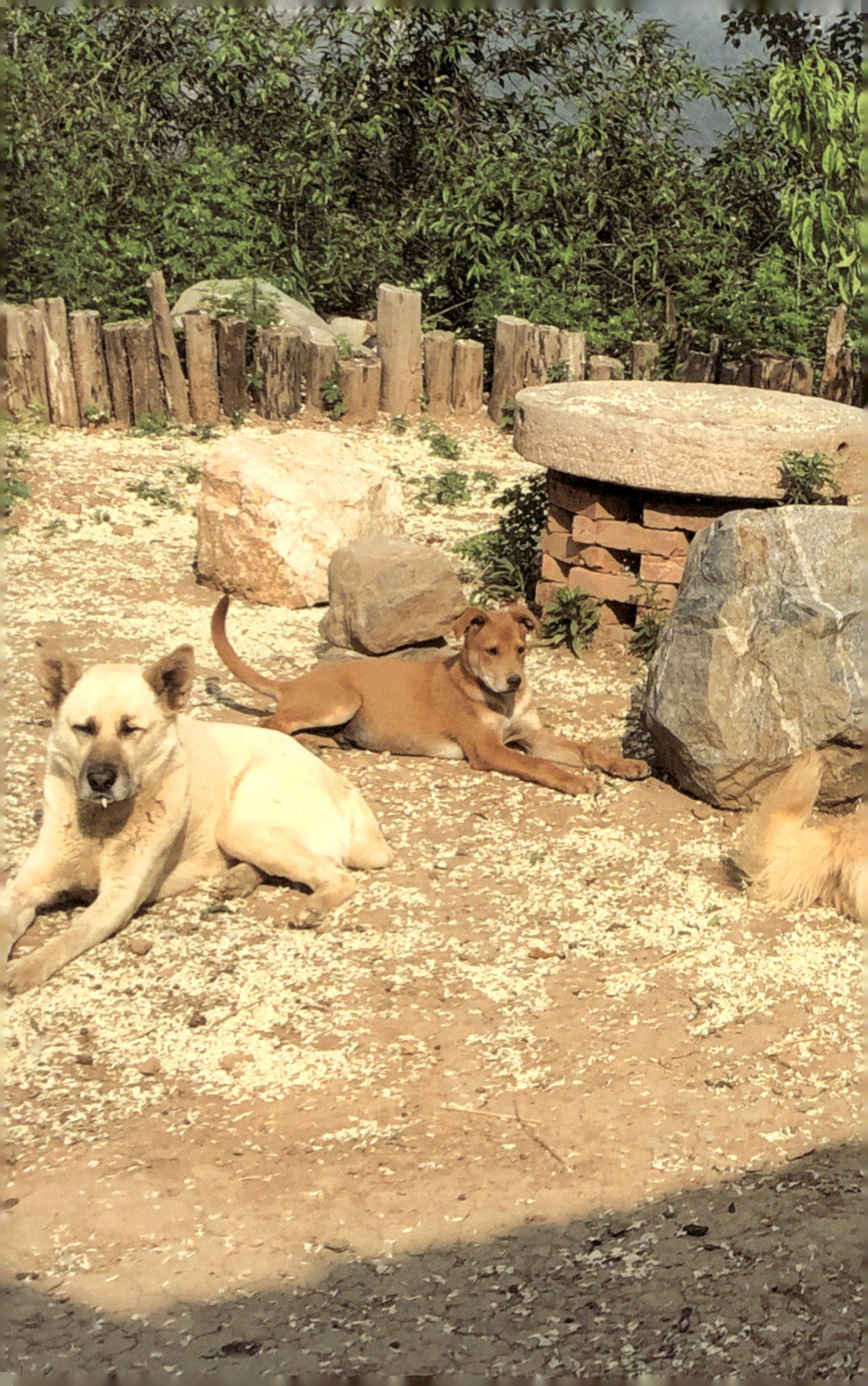

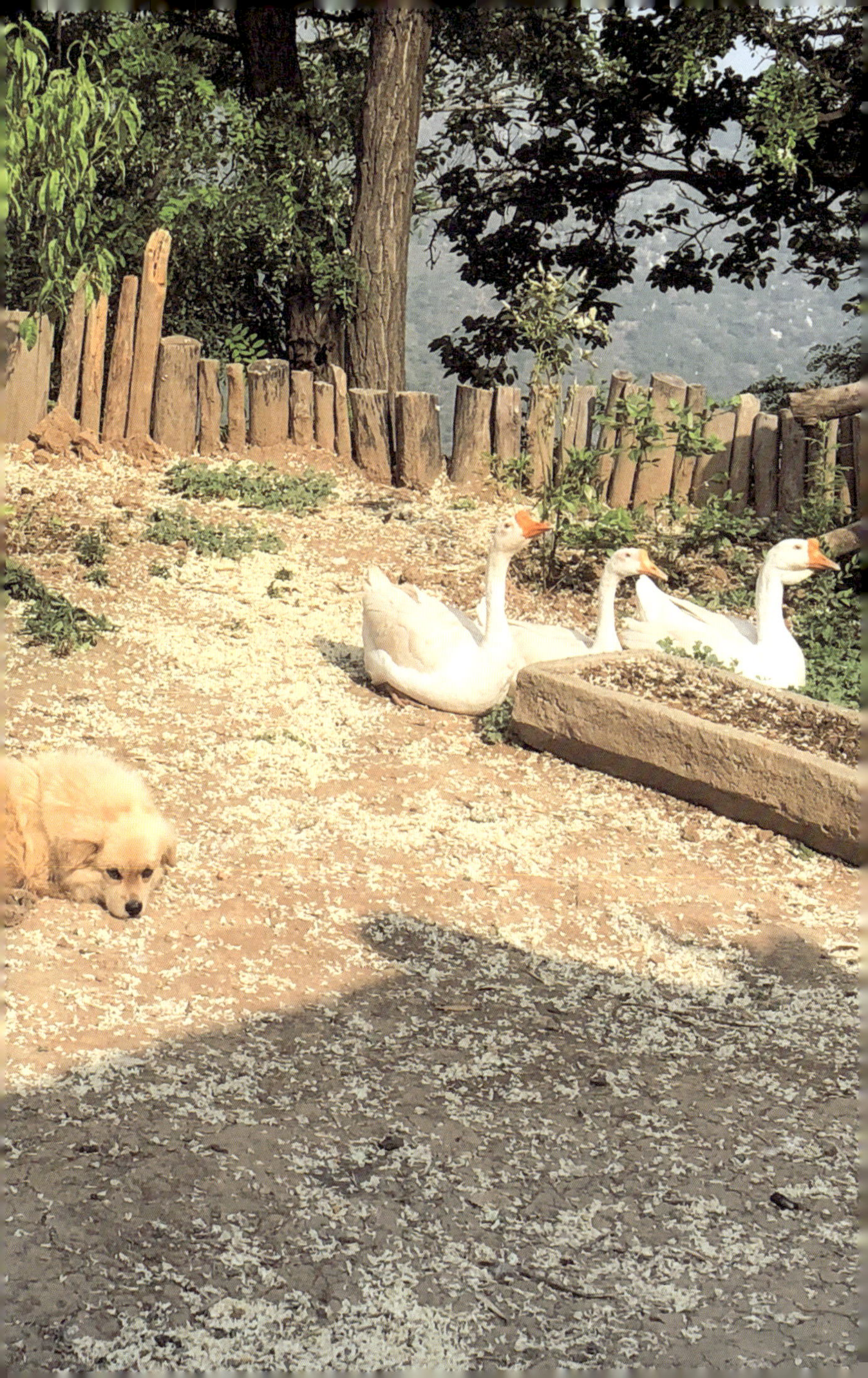

正派的面孔突然做邪恶的事情时，那种突兀感就很强烈，显得尤其猥琐。而土豆这种笨拙的面孔，出现在邪恶的画面里时，猥琐的丑态也被姿态的滑稽感削弱了。

就像我们总是对坏人很宽容，对好人很苛刻。

8

有时候觉得，土狗确实好，免疫力强，也不挑食，口粗。像郑佳，给什么吃什么，花椒、辣子、生姜、蒜都能嘎嘣嘎嘣嚼着吃。但像土豆这种宠物狗就很挑食，只要闻见炖肉的味道，宁愿饿两天盼着那点骨头，也不吃丢给它的馒头。

不过，土豆也是有资本的。农村人养狗都比较糙，同村其他狗的地位都很低，都是吃泔水、剩饭，饱一餐饥一餐的，且基本都没有自己独立的窝，夏天卧树荫，冬天卧门檐。土豆不但有狗粮吃，偶尔还会有火腿肠或排骨这种大餐，有单独的窝，和其他人家的狗比起来，活脱脱就是一个地主家的胖儿子。当然，要是跟城里那些宠物狗比起来，土豆的优势就显得很可怜了。城里的狗，顿顿都有火腿肠吃，都吃腻了。夏天有人给洗澡，冬天屋里有暖气，还有柔软丝滑、毛茸茸的窝。如果生在过分爱狗的人家，时不时还能被女主人熊抱，那体验直接就上天了。

9

植物只需要阳光和水就能满足地活一生。你看它们，太阳出来就很好，渴了，一点儿水就很欢乐。狗就比植物的需求多了一点儿，除了吃好睡好，还得撒欢奔跑，还要结交女伴。如果这些都能满足，就是最好的一生了。

10

去年深秋我带土豆下过一次山，一路上都在教它往边上走一点儿，要躲汽车，跟紧我。土豆除了不怎么会躲车，其他都很配合，左看右看，寸步不离。作为伙伴，我感触颇多。它像一个穿越到现代社会的古人，看见什么都很紧张好奇、不知所措——我觉得它应该比我的感受更深刻。我常常在想，土豆身上有很多我会用一生学习的东西，比如简单、天真。能在以后的生活里，做到和土豆一样，吃饱喝好，撒欢奔跑，就接近道了。

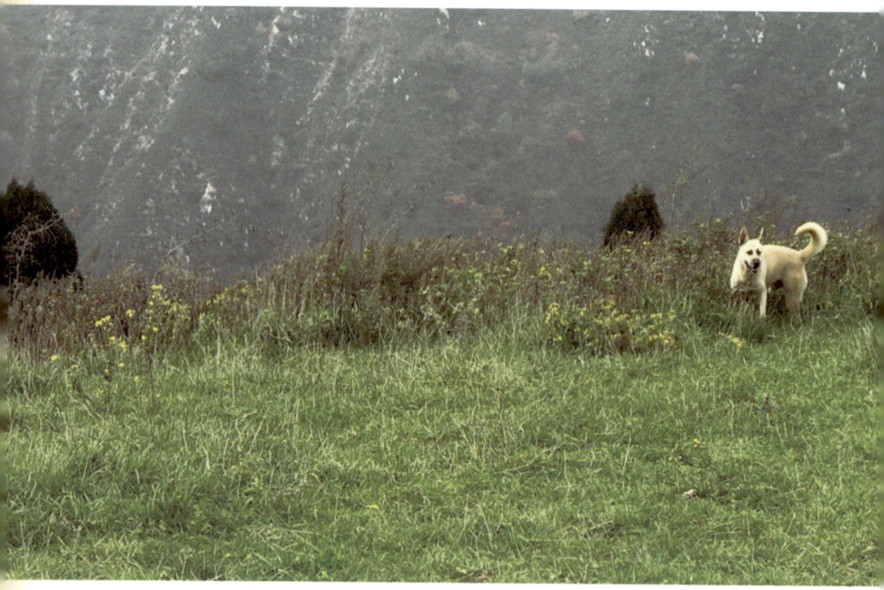

叫郑佳的狗

"郑佳"是同学送来的狗,同学叫郑佳,所以就叫它"郑佳"了。

其实它本来叫牛牛,但陕西话里,牛牛是男性生殖器的意思,我喊不出口。这很有意思,对名词含义的认识不同会产生不同的意象,即便我觉得牛牛很好听,挺可爱的,也得考虑入乡随俗。

城里养大狗有很多不便,遛狗都是个麻烦。在人群中,大狗会对路人造成心理压力,即便主人强调说不咬人,人们还是会有不适与紧张感,所以就只能把狗关屋里。据说郑佳来之前,天天在地下室关着,长到两岁,连奔跑都没试过,快精神分裂了。刚来的时候,这只可怜的狗眉头紧锁,一脸焦虑。不过,在山上撒欢跑了一个星期之后,眉头就慢慢舒展开了。

刚上来的时候,郑佳没见过鸡,追得鸡满院子跳,鸡毛就像一片片纸飞机在天上飘。我揍了它一顿,它就不再招惹鸡了。改去追猫,喵星人都快吓尿了,爬到树上半天不敢下来。我又揍了它一顿。

送来时，同学嘱咐说："我家狗狗爱喝水，记得每天喂水。"我说："好。"同学说："还有啊，我家狗狗只吃放了调味料的面。"我说："好。"一个星期之后，郑佳就开始吃麸子皮了，干挂面丢一把都嚼得嘎嘣嘎嘣响。男孩子嘛，要穷养。

郑佳是很聪明的，以至于有时候我会怀疑，是不是有一个人被封印在了它的身体里。它会用嘴把毯子铺展开，用爪子开门，懂得看人的脸色，会思考，有逻辑，眼睛会说话。我觉得狗和人的区别，不过就是语言的不同，如果你会用眼神交流，很多时候他们想什么，你都能听得到。和人一样，每条狗都有自己的性格，以及由性格而生成的面相。以前我在杜公祠附近住的时候，房东家有只花狗，性格很猥琐，眼神就透着阴损，走路鬼鬼祟祟、蹑手蹑脚，咬人从来不吭声。只要有人从家门口路过，它就会跟上去，蹿到人后面扒在腿上咬一口就跑。这狗在我住的那几年，咬过好多个人。我很了解它的行事风格，也不愿与它结怨，喂了它几次，等到它熟悉我后，就没再理过它。

郑佳的长相比较正派。城里来的狗，见过世面，冲过澡，坐过车，吃过狗粮，啃过大骨头，爱干净，长得也很帅。前段时间村里有母狗发情，专门跑到院子里勾引郑佳，只不过郑佳闻了闻好像兴趣并不大。城里来的狗眼光高，要看得上，估计怎么着也得是个金毛吧。

作为一只看门狗，郑佳很尽责，只要一有动静，就会冲在前方，有它在，我在屋里很放心。没有郑佳之前，有两个爱赚点小便宜的邻居，总是隔三岔五偷偷摸摸跑到我院子里顺走点儿东西。其实都是些小东西，有时候扛走一捆柴，有时候拿走个手锯，好几次差点儿偷走我的鸡。大公鸡建国在少年时期就被邻居偷走过，后来被永琴发现，解救了出来，自此，建国每次见到那个邻居就会冲上去啄。有了郑佳之后，爱小偷小摸的邻居就没那么嚣张了。

不过也有让人很失望的时候，来人如果是美女，郑佳就会摇着尾巴放行。不知道是不是因为女生比较好闻，反正每次来找我玩的朋友里只要有女生，它就摇着尾巴在人家身上蹭，赶都赶不走。

郑佳三岁时，土豆半岁。蓝蓝（和土豆一起长大的母狗，一岁多时生病死掉了）去世后，土豆落寞了很长一段时间，头搭在门槛上，头搭在石头上，头搭在鹅背上，头搭在板凳上……

从阴影里走出来的土豆，偶尔会想和郑佳玩，可郑佳觉得土豆是个小屁孩，有代沟啊，每次都会一脸不快地走开。于是，土豆就只能继续找鹅玩。后来我买了两只小鹅，鹅姑娘有小鹅做伴了。所以土豆经常头搭在门槛上，头搭在石头上，头搭在鹅背上，头搭在板凳上……

我是比较偏心土豆的。一是土豆是从婴儿期就开始养的，就像亲生的和领养的，而郑佳是长到成年了才跟着我，二是土豆圆滚滚的，又会卖萌。郑佳自己跟我也有点"隔"，虽然平常我回来时，它也远远地跑过来接我，也会摇着尾巴跟我撒欢，但在它内心深处，似乎总是有一道防线。我在呵斥它的时候，每次都能感受到它瞥向我的眼神里的反感，就像在说：老子要不是过继在你这儿，才不会在你这儿待。并且有好几次，它犯了错误（护食的时候把鹅咬得满嘴流血），我拿着小棍要揍它的时候，它都发出想要"还手"的声音。土豆就不会这样。所以我对郑佳的感情，始终也有一道墙。

我不喜欢它撒娇，它的个子太大了，也不喜欢它总想在我面前表现自己，每次都以吓唬永琴家的瘦黑狗来展示自己的勇猛，虚张声势。我很少主动去抚慰它或者跟它玩，所以每次来朋友，郑佳都会蹭上去，在人面前腻腻歪歪，渴求得到疼爱。

有时候我突然想到自己的这种漠视也会很愧疚,会喂它点火腿肠,弥补我的愧疚,但大多时间,我还是跟它保持着距离,不冷不热。

没办法,靠怜悯的爱总是不长久的。

不过有一点,郑佳还是幸运的。刚来的时候,郑佳每天都会站在山顶,望着长安城,现在它的主人来看它,它都已经不再目送了。

它应该也懂,自由比吃肉更重要吧。

永琴的狗

永琴的狗在我们村的地位和永琴一样，很弱，是食物链的最底层，大狗、小狗都能欺负它。

最早还没住上来的时候，我上山找房子，路过永琴家门口，远远看见一只黑狗，心里还提防着别被咬了。我战战兢兢正琢磨着要不要找根棍儿时，狗看到来人，自己先吓得躲屋里去了。当时我就觉得，这狗真怂。不过好在毕竟是只狗，虽然很怂，但黑狗也不忘初心，我走很远了它还躲在屋里，透过门缝怯声吠叫，很敬业。

住上来后，我跟黑狗做了邻居。那时候我还没养这么多狗，只有一只鹅帮我看门，于是黑狗怯懦的叫声，就成了我夜里判断动静的警铃，还是很有用的。

五年前，黑狗看起来和现在一样，枯瘦如柴。老孟家的两只狗——"可以"和"富贵"，每次见了它都会欺负它，把它围堵在墙角，轮番恐吓。次数多了，竟是养成了习惯，很长一段时间里，可以和富贵两兄弟吃饱后没事干，就会一块儿跑下来，堵着这只黑狗追咬——吃饭睡觉打豆豆。导致这位"豆豆"只

要一见到可以和富贵跑下来，就开始两腿打战，尿裤子。

挺可怜的，一点儿都不好笑。直到后来富贵生吃腐烂的野猪肉，吞食内脏时，卡住喉咙被噎死了，可以便没怎么再下来过。

郑佳刚送上来时，总是跟可以打架，见面就咬，很血腥，每次都败，但始终不服，屡败屡战。按说勇气可嘉，但不知什么时候开始，郑佳吃了败仗后，也学会了跑去欺负黑狗（找自信吗？），吃饭睡觉打豆豆。

我觉得这太贱了，本来养它是看门的，但遇人就摇尾巴，遇狗却势不两立，还欺负弱势群体，太低劣了，我看不下去。所以每次只要听见它欺负黑狗，我就会提着棍棒跑出去呵斥。

直到有天，可以跟郑佳狭路相逢，又打起架来，一边观战的黑狗突然蹿上去，跟郑佳一块，围攻可以。这有点出乎我的意料，按道理来说，对于黑狗，两个仇家打架，应该坐山观虎斗，拍手叫好才对，没想它会过去帮郑佳。

后来我才知道，原来郑佳欺负它时，并不是真的咬它，只是吓唬它，而可以欺负它时，是真的下狠手。每次郑佳朝黑狗走过去，还没准备好冲它吼，它就开始很配合地夹着尾巴嗷嗷惨叫，郑佳围着它，咋咋呼呼，喊两声，黑狗就惨叫两声。反复两三次，郑佳就开开心心地走了。

它俩的关系，似乎变成了相互之间的一种游戏——你要存在感，我就给你存在感，本来就打不过你。所以常常看到郑佳跑到黑狗身边，手扬起，还没到黑狗脸上，黑狗就扑通跪下了；一抬脚，离黑狗下巴还有半米远，黑狗就开始求饶，像是设计好的。郑佳很满意，黑狗也很配合。

但可以和富贵欺负黑狗时，是真的凌辱，拳打脚踢。所以才有那次出乎意料的帮忙——敌人的敌人，就是朋友；这两个浑蛋都欺负我，但我最恨那个更浑蛋的。

不过，狗性和人性都是动物性，可怜之狗也一样有可恨之处。在郑佳还没送到我家之前，我养了两只小狗，土豆和蓝蓝。当时土豆还小，蓝蓝也只两三个月大，每次我给它俩煮面条，放在门外给它们吃时，黑狗就会趁我不注意，抢走土豆盆里的食。有时候，连喂鹅的馒头，也给叼了去。

这只黑狗，虽然其貌不扬，倒很有心机。蓝蓝从小跟土豆一起长大，青梅竹马，长到快半岁的时候，却突然和土豆疏离了，整天和这只黑狗厮混在一起。大叔手段就是高，奈何土豆还小，不会花言巧语，也不懂有好吃的要先给蓝蓝吃，于是只能被孤立。

但黑狗的好日子也没多久，一两个月后蓝蓝就生了病，重症感冒，死掉了。再后来，就来了个让它到现在都一直心有余悸的疤面煞星——郑佳。

黑狗也挺可怜的，我在山里住有五年了，初见时它就有老态，那说明它至少也得十岁以上了，相当于七八十岁的耄耋之年，现在走路都有点儿罗圈腿。不幸的家伙，生在穷苦人家，一生没吃痛快过，遇到对手，从来都抬不起头。好在残喘苟活的日子里，还有永琴对它不薄：自己有饭吃，它就有饭吃；也不嫌弃它，天一冷就让它进屋睡；没拴过它，也没打过它。起码不像有些狗，还没活到这个年龄，就被偷走吃掉了。

补记：

后来才知道，永琴家这条狗活了十七岁。有如此长寿的晚年，却没能善终。

一条狗的承受力

早上才七点,我正在睡懒觉,就听见鸡鹅狗乱叫。隔了会儿邻居老太太就在窗户外喊:"快起来,狗咬伤了!"我匆匆穿上衣服,踩上拖鞋就出门。狗咬仗这种事,也不是一次两次了,我想顶多腿咬伤,或者脸上咬个疤,但出门一看,吓死我了——郑佳半边脸都是血,整个左眼珠子往外翻出来,悬吊在眼眶上,很恐怖,我想给它按进去。

一大早起来,天阴得像是要下雨。

我回到屋里,拿出药箱子里的纱布,很着急,想给它包扎。但狗的头是倒三角形,眼睛长在两边的斜面,好不容易包好了,转身它用爪子就扒掉了。于是我只好给懂得救护的朋友打电话。朋友说,先用盐水冲一冲,或者酒精洗一洗,不然眼睛可能会保不住。可是狗在这种状态下,根本不会让我去用酒精清洗,我只好拿喷壶灌了点盐水,趁它不注意对着它的眼睛喷了一下。

盐水啊,喷在血肉模糊被撕扯出来的眼珠子上,这要是喷在人身上,大概尖叫一声就昏厥过去了吧。郑佳嗷嗷哼唧了一声,用爪子扒扒眼睛就跑了,再不靠近我。

动物的忍耐性很多时候让人心生敬畏,比如对食欲的忍耐。

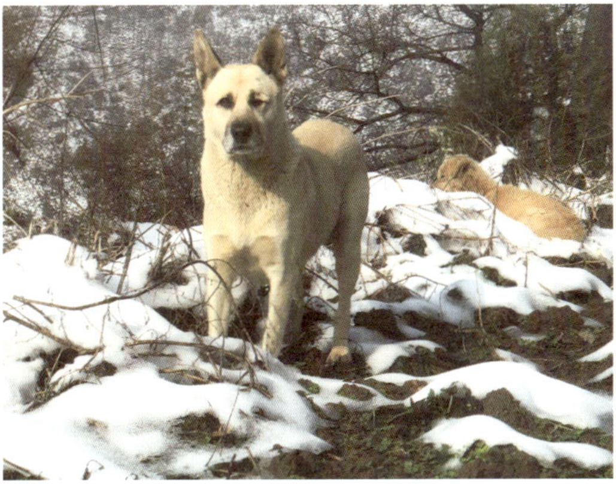

人类在极度饥饿状态下，是可以吃人的，狗却经常忍受饥饿。小时候经常看到村里人端着碗蹲着吃饭，狗在旁边伸着舌头，盯着主人的碗流口水，就像奴隶主餐桌背后的用人，少奶奶用餐时后面站着的丫鬟。

狗对疼痛的忍耐，更是让人惭愧。你想，平常被踢一脚，狗都会疼得嗷嗷叫，这说明它们的疼痛神经和我们是一样的。那些断了腿的、被打伤的狗，并不是不疼，只是没法痛哭，只有忍耐，"独自默默地舔舐着伤口"。动物不但有疼痛，还有恐惧、怯懦、羞耻、忧郁、欢乐以及爱，只是它们讲话你听不懂，你又不去读它的眼睛。

当时郑佳疼得走路都打战，我只好请兽医。打了麻醉，手术很快，做完半个小时，郑佳就醒了，站起来后，尿了大概生平最长的一泡尿。还好，左眼虽然没能保住，但并没有像我担忧的那样有一个窟窿，看起来只是像一只闭着的眼睛。

一条狗的承受力和认知，是人这个物种远远不能体会的。郑佳的眼睛瞎了一只，做完手术，撒一泡尿，就能小跑了。更让人无法企及的是，瞎了一只眼后的狗，一点儿都不会因此产生悲观的情绪。没有羞耻心，也没有美丑概念，所以根本不存在悲观。想想，这要是一个帅哥跟人打架，瞎了一只眼，估计很快抑郁了。而郑佳很快会和以前一样潇洒，甚至可能都不知道自己左眼已瞎，这太厉害了。

叫凤霞的鸡

所谓"拟人化"并非都是艺术表现。比如凤霞憨厚,红艳泼辣,性格就明显体现在外貌上,甚至仅仅凭面相我们就能看出一只动物的性格。拟人化,其实是动物和人之间共有的那个"动物性"。而人性本身,就是动物性。

1

我有五只鸡,一只公鸡,四只母鸡。在这种比例下,母鸡明显很母鸡,公鸡很公鸡。

2

最先有名字的是一只不太合群的鸡,叫凤霞。凤霞总是独来独往,我很想了解她。

大公鸡虽然爱啄人,但和他的几个婆娘关系很好。只是有只鸡似乎总是被他和他的其他几位老婆排挤。他们在院子外面吃虫子都不带她。其他三只母鸡也动不动就欺负她，我觉得她好可怜，叫她凤霞。

凤霞总是独来独往，别人吃完了她才去吃。我平常会多照顾她。

3

我觉得凤霞长得不差啊，丰乳肥臀，多有母鸡味儿。比那几个婆娘身材都好，眼神也柔软得多。真奇怪大公鸡不喜欢她。这个没品位的蠢货，回头我得找他谈话。

4

朋友说给其他鸡也起个名字吧，我说好啊，农村的鸡，得起点农村的名字，比如翠红、兰英什么的。毛色鲜艳、双目圆睁的，叫红艳吧，听上去很泼辣；柔软一点的，叫玉珠，像小妹；每天和大公鸡眉来眼去的，叫春花好了，很风骚的婆娘；大公鸡呢？果真雄赳赳气昂昂，很霸气，叫雄霸？熊霸？不行，不够"屌丝"；鸡霸？算了，当我没说。还是叫建国吧。

建国是我们村最壮的一只公鸡。

5

刚盖好鸡窝那些天,建国是一个人睡的,每天晚上母鸡们进了窝,他就自己飞到后院墙角的棚子上去。弄得我每次都得去找他,把他抱下来,推着屁股塞进鸡窝。刚开始建国这家伙扭扭捏捏,可能觉得自己怎么说也是个老爷们,怎么能和一群女人住一起?被强制关了几个晚上之后,就尝到甜头了,从此以后,每晚休息之前鸡窝里都是建国和婆娘们打情骂俏的淫声浪语,好不欢喜。

6

很好奇鸡是靠什么辨别人的。小时候公鸡建国被村里邻居偷过,跑出来后,每次那个邻居从我门口路过,建国都会冲上去啄。有次朋友来山上小住，大公鸡带着母鸡进屋吃粮食，我在里屋写字，就让朋友把鸡赶出去。平日里威风的大公鸡，被陌生人轰出去还撞在了门槛上，着实丢人丢大了。重要的是，母鸡也都在旁边看着，在女人面前丢人，实在不能容忍。之后，朋友每次上来，大公鸡都会冲上去啄。

7

最近见凤霞不太好好吃东西，离近看我才发现，背上被老鹰抓了。翅膀两边的毛掉光了，背上的肉都翻了出来，像只烧鸡。还好，都是外伤。凤霞之所以没被抓走，应该是吃得太胖，鹰爪给累脱臼了，也是蛮拼的。我给她喷了消炎药，现在已经康复了。

8

邻居家有只母鸡，我来的时候她就已经有十一岁了，相当于一个九十岁的老太太。太老了，走路都是匍匐前进，没人愿意吃她，她就活下来了。去年十一月，"老太太"在睡梦中离开。

她来过，我给她拍了照片。

9

如果不是天灾人祸,建国和他的婆娘们,应该也能像邻居家那只母鸡一样,善始善终。鸡生一场,能够善终,就是福报了。

补记:

我有五只鸡,一只公的,四只母的,开始以为他们应该都能寿终正寝,但不到五年,就死了三只——病死一只,被鹰捉走吃了两只。想起以前早起喂鸡的画面,一听见我开门的声音,建国就带着他的婆娘们,三五成群,远远地跑过来要吃的,好不热闹。现在就只剩一公一母,形影不离。看来即便是一只鸡,能活到最后无疾而终,也不容易。

黑鸡少年

永琴打了四只小鸡仔，有一只是纯黑的，嘴巴冠子都是黑的，我一直以为是那种腿上带毛的传统乌鸡，长大后发现竟然也是个公鸡。大概是乌鸡和家鸡混血吧（据说叫乌骨鸡），挺好看的。只是这只黑鸡成年以后，个头比建国小了一圈，导致现在还没有女朋友。

鸡的世界和很多大型动物一样，雄性之间只在乎权力范围，没有德义私情。在这只黑鸡成年之前，永琴家的三只母鸡都是它带着的。与其说是它带着，不如说是它陪着，因为没有成年，亦无公母之别。但成年后，刚懂得一点公母之间玩耍的乐趣，那些母鸡就被建国全部抢走了。所以现在这只黑公鸡的处境，就像以前被孤立的凤霞，每天都是一个孤零零的黑影。

毕竟是成年的公鸡，被孤立这事可以忍，但不能"嘿"母鸡这事，实在忍不下去，所以有时候黑鸡也会趁建国离得远，逮住一只母鸡霸王硬上弓，反正三五秒嘛，等建国跑过来时说不定已经结束了呢。可母鸡竟然也不配合，极力反抗，搞得每次还没爬上去，建国就气冲冲地飞跑过来教训它。

动物世界很残酷，雌性永远只接受被更漂亮强壮的雄性占有，似乎只有人，可以用爱改变这个局面。

江伟家的四只鸡，被附近寺院里的狗偷吃了三只，咬伤了一只。这只被咬伤的，据说当时已经被狗含在嘴里了，江伟发现后，狗弃食而逃。江伟把最后这只死里逃生的鸡拿给我的时候，它看见郑佳、土豆，还会吓得发抖。

半路"转校"来的鸡，跟其他鸡很难融到一起，并且被狗咬的伤也需要时间痊愈，于是我就把它单独放在了后院养。它适应得快，独自吃米，独自生活。只是不幸，才安稳了没几天，永琴家那只个性压抑的黑鸡，就发现了后院这只胆小丰腴的母鸡。

我发现，在表达情欲方面，鸡和猫狗鹅有很大不同。母猫母狗母鹅，到了发情期，都有主动性，但很少见母鸡主动。我想大概是因为公鸡"嘿"母鸡的时候太暴力了吧，撕扯着鸡冠，抓扯着背，没有一丝温情，几乎都是霸王硬上弓。在公鸡眼里，母鸡就是用来泄欲的奴隶，对母鸡丝毫没有同情心。这只母鸡伤还没好，还没从被狗咬在嘴里的恐惧中缓过来，就被那只黑公鸡围堵在墙角发泄。我想母鸡肯定是痛苦的，因为每次被黑鸡追的时候，它都拼命想跑，只是大多时候都无处可逃，被堵在门槛下面或者墙角，很无助。

公鸡"嘿"母鸡的时间很短，频率却很惊人，感觉一只公鸡，一天一个养鸡场都不在话下。压抑了小半生的黑公鸡，几乎每天都会从后坡绕到后院，往复很多趟，来蹂躏这只独自生活的母鸡。后来，因为频繁地出入，后院坡地被它踏出一条光滑的小路来。母鸡背上的毛也很快就被抓扯掉光了。裸露着鸡皮的鸡背，依旧每天被公鸡踩到上面，紧紧地抠住，抠出血丝来。

不过，这只母鸡只是恐慌了半个月，再看见黑鸡从后坡跑下来，就不像以前那样拼命逃躲了，可能是明白了终究是躲不掉的吧。更绝望的是，一个多月后，母鸡一点儿都不躲了，看见公鸡跑过来，自己就蹲下，等公鸡发泄完，自己就抖抖羽毛站起来，低头继续吃草。

备受羞辱的欺凌次数更多、时间更久后，这只母鸡对那只黑公鸡，就再也没有一点儿抵触了，开始跟着那只黑公鸡，追随着它一起散步，一起找虫子吃，像对夫妻。

以前很难理解"斯德哥尔摩综合征"的转变节点，后来看着这只母鸡和这只公鸡，我才意识到，那个节点，其实就是一种自救、自保。作为没什么战斗力的弱势群体，为了生存，母鸡必须寻求公鸡的保护，自尊什么的早就不重要了，不然就会被鹰抓走，被黄鼠狼吃掉。弱势群体的生存方式，很难用道德去权衡，大多数是生与死的选择。更何况，对于后院这只母鸡来说，整个世界除了天上偶尔飞过的喜鹊，能跟自己交流的，就只有这只黑公鸡。后来这只黑公鸡，每天都早出晚归，几乎是全天陪伴着这只母鸡了，很长一段时间我喂鸡时，都直接盛两份鸡食。

直到半年后，有天我扛被子出去晒，远远看见水池里漂着一团黑，才发现是那只黑公鸡。它失足落水，淹死了。很不幸，不知道头天晚上它是怎么掉进去的，也不知道它在水里挣扎了多久。被淹死，应该是最绝望的吧。

黑鸡一走，后院很快就恢复了以往的沉寂。最近看到那只母鸡，明显吃胖了不少，背上的毛也长出来了，像最初来到这个院子的那几天一样，在后院独自吃米，独自生活。只是我很好奇，黑鸡在的时候，它虽然被侵犯，但至少还有个伴。黑鸡死后，它是孤独多一些，还是庆幸多一些呢？

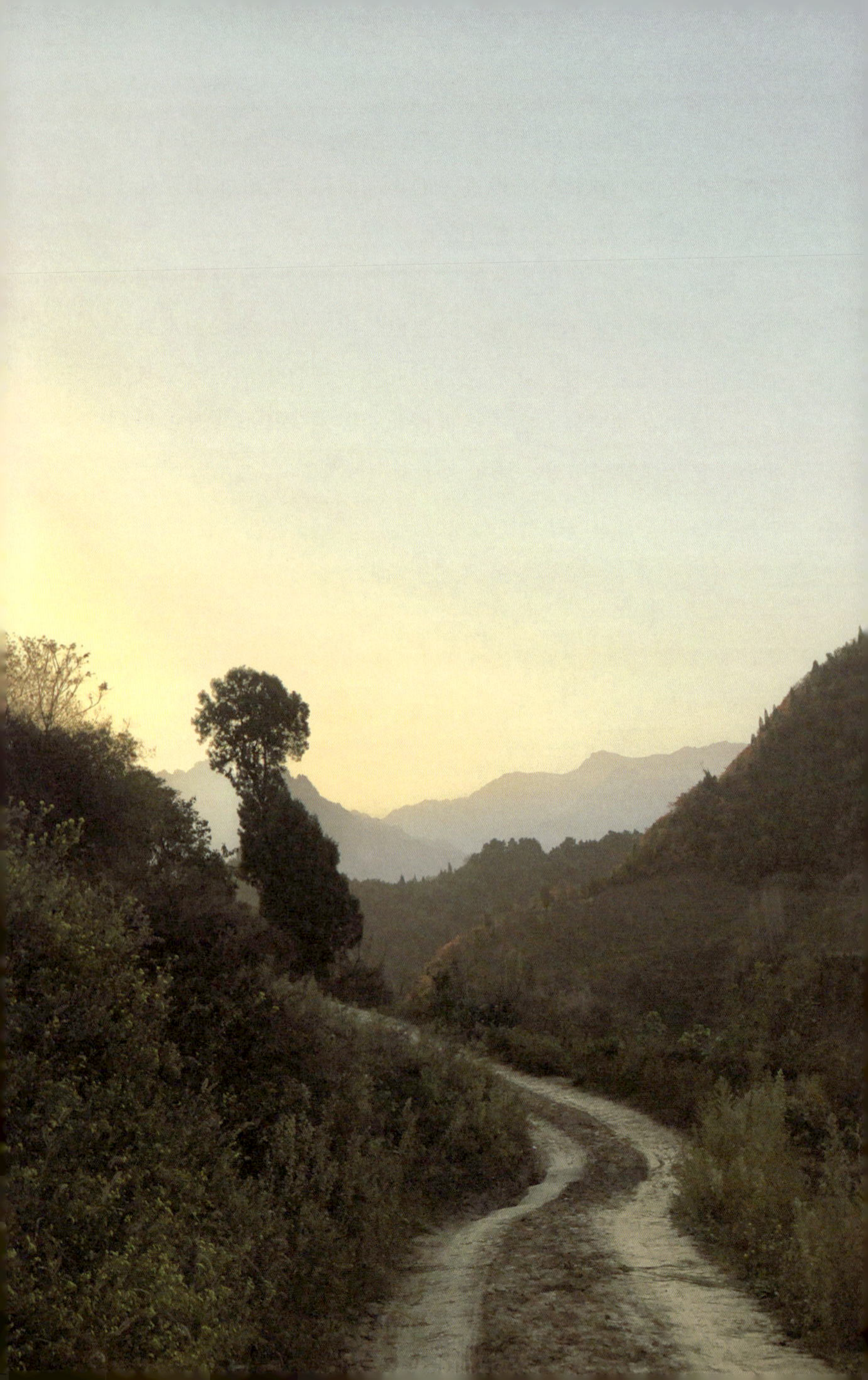

知了知了

这两天我发现一种知了，通体黑色，身体的线条很匀称，比常见的那种大知了更有型。对比起来，大知了肥胖的身躯就像中年发福的胖子，很是不堪。让我惊讶的是，这种知了不但长得好看，叫声竟然像百灵鸟一样好听。我一直以为那个声音是鸟在叫，有次离得很近看到它，才发现是个知了。

大多数知了喜欢大合唱，一只开了头，附近的就跟着附和，远处的听到后也兴奋地加入，哇哇哇哇，一会儿就嗨上了。这种通体黑色的知了却不然，其他知了叫的时候，它很安静，但只要它一叫，其他知了就不吭声了。那种只会集体哇哇叫的知了，可能羞愧没人家叫得好听，才自卑失声的。

知了的叫声有很多种，大的知了应该是肺活量比较好，叫起来最是让人烦躁，就像你在火车上睡觉时旁边的大叔打电话，扯着嗓子聊。小知了的声音有一点奶声奶气的尖锐，像个有多动症的熊孩子在你耳边絮叨。

据说，如果一大早知了就开始叫，那么这天一定是非常干燥炎热的。我观察了几次，果真如此。

知了遇到危险的时候，也会发出比平常更尖锐的叫声，只是飞走的时候，收尾的声音像放了个屁，很是不雅。还有的知了在交配时叫，叫声很小，嘤嘤嘤嘤。

　　动物学家说，大多数昆虫类生物发出叫声都是为了寻求交配，听起来是挺单调的一生。据说有一种蝉叫"十七年蝉"，在土里蛰伏十七年之后破土而出，一现身，就开始寻找配偶，为交配而生，因交配而死。如果真是这样，那还挺壮观的，一万只知了，整个夏天都在耳边啊啊哦哦。

　　不过我并不怎么相信昆虫学家的话。昆虫学家说知了是没有听觉的，因为实验发现，知了在叫的时候，不管外界发出多大的声响，它都不会停止。人类真是除了喜欢以己度人，还喜欢"以己度虫"，如果知了没有听觉，它那么卖力，叫给谁听呢？人类都无法知道，蝉在土里，由幼卵起，是靠什么判断度过了黑暗、静止的十七年的。

　　知了的外形非常漂亮，尤其是那种刚蜕壳的。绿色的身子，白色的羽翼，额头还镶了三颗"小钻"。我发现很多昆虫头上都喜欢镶钻，看来人类喜欢钻石可能也是天生的。

　　每种知了都有一双透明如纱的翅膀，薄如蝉翼。让我感动的是，昆虫透明的翅膀上，竟有着叶脉的纹理。人的身体如果是透明的，只剩经络，大概也是这种纹理吧。

　　常见的大知了，就是那种肥胖臃肿的"中年大叔"，在我们老家方言里叫"麻鸡料子"，大多是黑色的，有宽厚的背。

我见过一种背上带黄色斑纹的知了，有禅的气息，非常漂亮。只是这几年，大的似乎不多见了，小的很多。小号的知了，我们老家方言叫"叽叽"，小叽叽的头上也有钻，背上也有绿色的成分。

汉代葬礼中，人们会把一个玉蝉放在已逝的人的口中，以求庇护和永生。这种习俗一直延续到魏晋南北朝，即"含蝉"，大概是因为蝉在蜕变的过程中，像是有重生的功能。重生，确实让人类心生妒忌。

想飞，想重生，想变身，想唯我独尊，想长生不老。

佛教把知了叫"蝉"，据说也有此意愿。还有人说，知了总是说"知了，知了"，就好像参透了万物，所以称"蝉"。佛家很可爱。其实很多动物的命名我都挺好奇的，比如，八哥为什么叫八哥呢？

我住的地方很奇怪，每年夏天，周围都没声音，一到我的院子，成千上万的知了就叫个不停。后来我想，大概是和我院子周边的杨树林有关。记得小时候，老家的杨树下就有很多知了。一到下雨天，我们就去捡知了猴，一个可以卖两毛钱。但我并不喜欢这个"象征着夏天"的符号——你想，最热的时候，一天二十四小时地叫，真够闹心的。我不喜欢住在离溪水很近的地方，其中一个原因就是水声偶尔听很好，哗啦啦，小桥流水人家，但这种声音要是永远伴随在耳边，就是噪声了，强迫症想按个暂停。

三年前，也是夏天，我跟马立、高非在树下闲坐。那时候我跟我的猫关系还没决裂，它在树边抓知了，我看着很无望，就起身帮忙。小时候我练过空手抓苍蝇，所以抓知了的技术很好，基本在我能够到的范围内，它都跑不掉。我站在我们坐着聊天的核桃树下，蹑手蹑脚，一把就捂住了一只正在啊啊哦哦的大知了，然后想都没想，一只手捏着知了的胸腔，另一只手唰唰两下把翅膀撕掉，往地上一扔喂了猫。马立在旁边看着，很是震撼，说："太残忍了，刚才那一下，感觉就像任我行。"我好像突然意识到了什么，像被当头棒喝，羞愧极了。

后来我反思这件事，很想弄清楚，为什么对待那只知了时，我没觉得残忍呢？我想到我妈妈，我小时候她杀鸡、宰兔子，什么都敢，但本身却又是个极其善良的农村女人。那她杀鸡时的干净利落，是否是内心的某种恶呢？高非说，其实不是的，我妈妈杀鸡时，并没有把鸡的这条命当成和人一样的生命。在她眼里，一只活鸡的存在和一块鸡肉的存在是一样的，所以对她来说，并非算作杀。

我曾在一个小县城的冬天看见过一家餐馆的女老板，将一条婴儿大的鱼从水里抱出来，高举过头顶，往地上一摔，鱼甩动了几下尾巴，就不动了，感觉摔得五脏六腑都碎了。那个时候，我从旁边路过，和马立一样，感觉很震撼，因为我在那条鱼身上看到了死亡。而那个女老板是没有死亡意识的，她很善良，不怕杀鱼但害怕杀人，电影里如果有高举过头顶的小孩被这样一摔，她一定很悲痛，无法忍受。那些杀狗的，大概也只是把狗当成一株草、一只知了了。

我没有天生的慈悲心，只是后来在山上的日子久了，巨大的闲适与安静，让我把更多的注意力给了那些细微的生命，开始去感受它们的存在。熟知一切生命的萌芽和生长，就像熟悉自己喂养的小动物。熟知每一只知了都是在土里孕育数年，破土而出，蜕变，展翅，飞翔，吸食树汁、阳光和露水，只是属于一个季节的歌唱。那些动物、小鸟和虫子，它们活自己的，于我并无恶意，只是和我并生于这块土地。我熟知这一切，放大了那些微小的作为生命存在着的细节，因敏感，心生更大的包容。

最好的隐居地

满世界的诗,

像挂满一树的果子

当我意识到一切皆虚无的时候，
才慢慢感受到存在——
唯有此刻，此刻有光、
此刻坐在炉子旁。

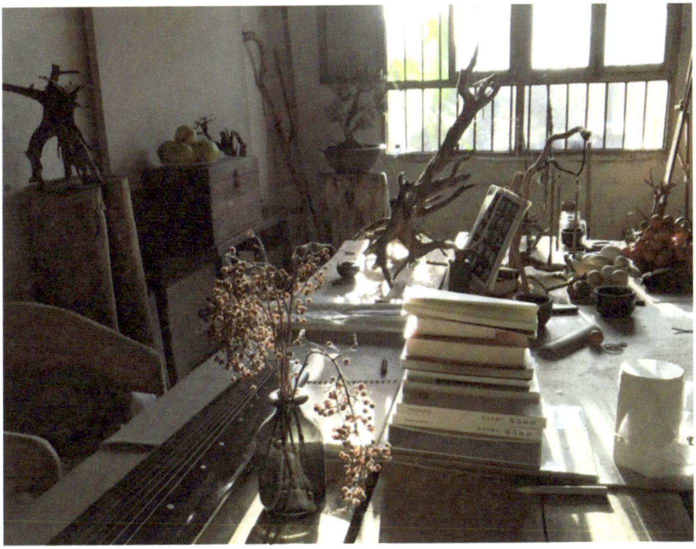

月光虫鸣，
一种叫夏夜的情境

有时候我觉得，苍蝇比蚊子更讨厌，尤其在吃饭时和早上起床之前。睡懒觉的时候，苍蝇在脸上爬，大概是最让人烦的了。挥着沉重的胳膊赶开，又回来，反反复复，你明显能感到它贱贱的蔑视和挑衅，等终于憋了一肚子气坐起来了，它又不玩了。

蜱虫咬人和蚂蟥差不多，据说是有吸盘在皮肉里吸附着，很执着，用火烧屁股，才能把吸盘拔出来。但蜱虫比蚂蟥更讨厌的是，蜱虫有毒。之前我被蜱虫叮过手指缝，当时没意识到那是个蜱虫，直接揪掉了，结果吸盘折断在皮肉里，两个月过去了，还会痒。

跳蚤咬人后起的包一般是一连串，整整齐齐地排在一条线上。我一直不清楚，比如三个包，是咬一口起三个包，还是咬三口起三个包？三口的话就是连环咬啊，那该有多嗨。还好我的皮肤对跳蚤不太敏感，顶多起一个小红点。大多数时候，跳蚤只是在被窝里蹦跶一晚上，很少对我下口。只是在睡觉时，跑到人家被窝里练习弹跳,总是不够礼貌。

叶蝉这名字很好听,雅致。它长得也很精致,米粒大小,绿色和棕色比较常见,外形上是蝉的微缩版,只不过知了吸食树汁,叶蝉会咬人,像用指甲尖掐一下那么疼。

瓢瓜虫在玉米地里最多,咬人比蚊子叮得疼,这是我某年经过一片玉米地后发现的。

牛虻咬人最疼,夏天一到,咬得山里放养的牛都往回跑。皮肤容易过敏的人被牛虻咬过之后,比被蜜蜂蜇的反应还大。上次朋友在山上被牛虻咬,差点住院。牛虻的声音比苍蝇大,吸血比蚊子多,更讨厌的是,隔着衣服都能咬人。有天早上我捡了块梨木疙瘩,抱着往家走时,有个牛虻趁机趴在我的左肩上。我两只手抱着木头呢,没法拍它,只好转头对着它吹气,呼呼呼,翅膀都吹翻了,它还不放手。太可恨了,非要逼我先放手,等我把木头往地上一丢,它就飞走了。

飞蛾倒是无害,只是每到晚上就围着灯泡打转,让人眼花缭乱。扑火是因为飞蛾的趋光性,据说飞蛾是靠光源来导航的,朝着月光照亮的地方飞行,便于更加愉快地开启夜生活。只是人类学会用火之后,飞蛾依旧靠着原始的趋光本能,误认为火光就是月光。不是有进化的吗?都几万年了,飞蛾怎么还没分辨力?

前天我在菜地里发现了一只癞蛤蟆。很久没见过癞蛤蟆了,虽然这家伙长得确实难看,但一想到它吃苍蝇又吃蚊子,也就觉得没那么难看了。不过一直以来,癞蛤蟆都是丑陋的象征,

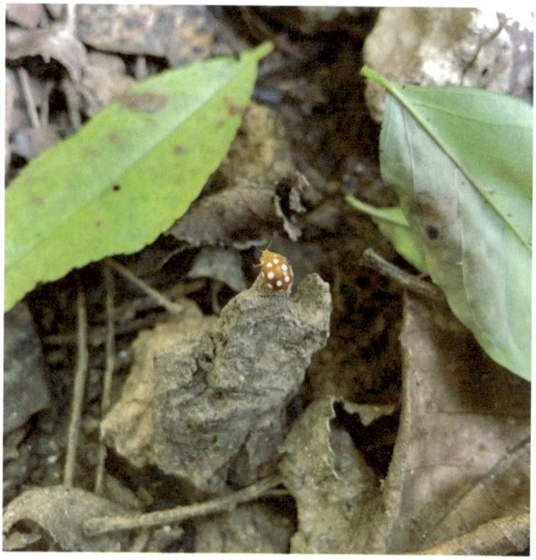

因为这家伙老想吃天鹅肉。

小时候我喜欢逮壁虎，目的是抓住它之后，把它的尾巴弄断，然后看它的尾巴在地上疯狂扭动。当时觉得挺神奇的，不用充电，也没有装电池，半截尾巴自己就会蹦跶。但后来有一次，我六七岁的样子，在厨房木门背后，昏黄的暖色灯泡的光照下，有一只很大的壁虎。我和之前一样伸手去抓，那只壁虎突然转头伸着脖子，龇牙咧嘴，眼睛直直地盯着我，像咬人的恶犬那样，发出呜哇呜哇的叫声。我当时就吓坏了，赶紧把手缩了回去。那次真的是把我吓到了，直到现在我都有点儿怕壁虎。睡觉的时候平躺着，总担心在房顶爬行的壁虎会掉到我脸上来。

还有一种东西，如果数量不多，我会叫它蚂蚱，因为"蚂蚱"这个词不觉得有贬义。其实蚂蚱挺漂亮的，种类很多，大长腿，小蛮腰。只是一旦数量很多，就必须叫"蝗虫"了。在人类的世界，害虫和益虫的分类，就是以食物为标准的。当我们说一种虫子是无害的，是说它无害于粮食，比如知了；当我们说它是害虫，就是在说它以农作物为食，比如蚜虫。善恶皆以"人"为中心，自古以来都是。天天吃我的粮食让我没粮食吃，那就是大反派，比如我的猫。

金龟子晚上容易飞进屋里，躲在那些围着灯泡乱飞的虫子中间，满屋子乱撞，嗡嗡嗡嗡——Duang！嗡嗡嗡嗡——Duang！撞门撞墙撞房梁，撞晕了就缓一缓，爬起来继续撞。

Duang! Duang! Duang! Duang! Duang! Duang! Duang! Duang! Duang! Duang! Duang! Duang! Duang! Duang! Duang! Duang! Duang! Duang……

  蛐蛐的叫声很奇妙，尤其是晚上，这种声音，竟会让静显得更静，我想大概是因为蛐蛐的叫声象征着一种情境，一种叫夏夜的情境。在夏天，一个万籁俱寂的夜晚，如果院子里有一只蛐蛐在叫，那大概就是最好的夜晚了。

蚊虫记

据说蚊子最喜欢 O 型血,因为 O 型血是最古老的血型。确实,如果数十万年前蚊子就开始喝 O 型血了,那么 O 型血应该就是蚊子最爱的"小时候的味道"。我是 B 型血,蚊子也爱喝,只是相对于 O 型血,是蚊子的第二选择,算是备胎。在没有 O 型血可以解馋的山里,蚊子也会勉强喝我的血。没有大餐,路边摊也是不错的选择。

山里的蚊虫,比山下要丰富得多,光是蚊子我就见过五种。一种是瘦瘦小小的,灰黄色,飞到耳朵附近的时候,能听见嘤嘤嘤嘤的声音,吸血后会变胖,离近能看到一肚子饱胀的红。我们拍蚊子应该就是对着蚊子喝得圆滚滚、饱胀欲裂的肚子,一巴掌击碎在身上。

还有一种,大小和这种差不多,只不过肚子上有一圈浅浅的黄色条纹,挺时尚的。最厉害的是那种黑白斑点的大花蚊子,这种蚊子比另外两种大一号,饭量也很大,就像有人一餐喝一碗,它一餐能喝一盆,所以被它叮的包也比被其他蚊子叮的大,像个兰花豆,用河南话说就是"大扁扁疙瘩"。早上醒来,如

借山而居

果发现被这种蚊子叮了一身包,都有失血过多的感觉——这种时候赖床很重要。

偶尔我还会见到一种身子比腿长的超大蚊子。但我见到这种蚊子时,它们从来都是一副快要飞不动了的样子,翅膀呼扇呼扇,飞得特别慢,飞两下就要找个地方歇一会儿,像动画片里那种瘦骨嶙峋、垂暮之年的喷火龙。后来查到这种蚊子就叫大蚊,是不吸血的,只吃植物的汁,怪不得看上去营养不良。

最近才注意到,还有一种比普通蚊子小很多,只有芝麻大的白色蚊子,透明的,通体钛白。比起大花蚊子,这个小白的吸管也很小,大概是奶茶吸管和可乐吸管的区别。它太小了,又是迷你的白色身体,吸血的样子都很温柔,叮——那种微疼,就像汗毛丛林间的肌肤空地上落下了一粒尖锐、纤细的沙砾。

作为山里少有的人类,我的入住大大改善了山里那些土生土长的蚊子的生活,之前,它们要想改善生活,只能去永琴家里换换口味。但你知道的,永琴一把年纪了,一针扎下去,针尖可能都折了。她家常年烧炕,可能还有烟熏肉的呛味儿。不像我啊,年纪轻,肉质刚刚好,尤其最近胖了点儿,肥瘦相间,雪花牛肉的品质,于夏日裸露出来的小臂,鲜嫩丝滑,温润又有弹性,不用说血之香醇了,感受针管扎进去的摩擦都有快感。所以,每天不管怎样防范,我都会被叮两个以上的包。

蚊子是不会叫的,嘤嘤嘤嘤声是翅膀的振动,如果没有这个,更将"杀人于无形"。后院杂草多,蚊子也多,每次被叮,我都习惯性地用大拇指和食指扣住被叮过的包，用力一拧，痒疼痒疼的，所以现在身上满是拧过的红。这招也有失灵的时候，比如叮到脚心就没办法了，脚心的肉绷着，拧一下，疼痒疼痒的。

自然环境的历练，令山里的蚊子看起来很结实，骨骼强韧，背阔胸宽，不像城里的蚊子那么丰满。城里的蚊子，眉清目秀，脸上写满吃遍各种美味的沧海桑田。但山里的蚊子，没见过世面，每天晚上，只需要点手指头长的一截蚊香，就被熏死了；而城里的蚊子，蚊香点了一圈，人都有点儿眩晕，蚊子还没事儿。

最近割了很多艾草，晒干后熏屋子，效果挺好的。艾草可以驱蚊，我也比较喜欢那个味道。一直觉得蚊香不能用得太频繁，终究是有毒的，伤敌一万，自毁八千。寺院点香，就是选择一种蚊虫不喜欢的植物气味来驱虫。驱虫，而非杀虫。虽然我拍死过不少苍蝇、蚊子、马蜂、金龟子之类的，但对佛驱虫的做法还是很敬重的，或者说，我对"慈悲心的诞生"很敬重，而不是"不杀生"。

每个人都是各自唯"我"独尊的，山河草木，鱼虫鸟兽，万物皆如此。只要接受"万物唯我独尊"，就能做到"事事顺其自然"。蚊子叮我，我还是会拍死的；院里杂草不但要铲断，还会连根拔掉；马蜂窝挂房檐，都拿火烧了；老鼠一定打死；吃菜的虫子果断腰斩——但这丝毫不会减少我对待这个世界的爱和善。

蛇鼠记

天热虫蛇多,房梁上爬上去两条蛇,瓦房就这点不好。两条蛇缠在一块,我说把它们弄下来赶走,我爸不让,说蛇在屋顶上,是有福兆的,吉祥。

很奇怪,蛇就是蛇,钻到房顶上乘凉,怎么就被神化成了福兆?

我查了下资料,说法太混杂了。比如说蛇是小龙,或者说上古图腾里有很多蛇的象征。但我还是闭上眼睛想摸索下源头:当第一个人类,在什么都是第一次见到的情况下,同时见到了一只蓝天下会飞的雄鸡和一条草丛中弯曲爬行的蛇,这个时候,本能会觉得,会飞的那只向着天空,自然就成了太阳鸟,而游走的那条蛇,向着洞穴、草丛,没有脚却跑得飞快,蜿蜒盘曲,一滴毒液就能致人于死地,很是诡秘,实在搞不懂——搞不懂就是有神附体。神得罪不起,所以就视作图腾,供奉起来,蛇就成了比龙更早的神物。直到有龙出现,蛇才被叫作小龙。

人类对神的一切想象,都来自对死亡的惧怕。

屋顶上的邻居,除了蛇,还有老鼠。和老鼠打交道,几乎是住在山里最常见的事了,就像夏天的蚊子。

山里的老鼠比农村的更肆虐，房顶墙角无所不在。那段没有猫的日子，每天早上醒来，厨房里都有老鼠爬过的痕迹，特别讨厌。一到晚上睡觉，我就能听到房顶的隔板上轰隆隆隆老鼠爬过的响声，每次都赶在我睡觉的点，轰隆隆隆。大概是在我房顶隔板落户了吧？听脚步轻重，应该是四世同堂，一大家子。只是楼上的邻居下班嗨的时间跟我睡觉的点赶到了一块儿，实在让人心烦。刚开始响动时，我会假装吼两声，意思是我还没睡着呢，别那么嚣张。正在奔跑的老鼠听到我的声音，也果然吓了一跳，确实站着待了好久。可等了半天，也不见有什么后续，就又放开手脚来回奔跑，气得我只好从被窝里站起来，找个棍子对着房顶使劲敲。次数多了，我敲一阵，老鼠就歇一会，我躺下来，老鼠就开始嗨，嗨到隔板震颤，房顶掉土，非常有节奏感。

　　看来"躲猫猫"这么让人着急的事，只有猫能跟老鼠玩。我非要加入，就只能不停地被羞辱，一局都赢不了。

　　我不怕蛇，也不怕老鼠。可老鼠在做饭的案板上爬来爬去，啃坏柜子，偷吃食物，还在上面拉屎，就让人很难接受了。更无法容忍的是，老鼠自带很多病菌，有一种很常见的传染性疾病"出血热"，就是老鼠传播的。

　　我曾试过粘鼠板、老鼠夹子、捕鼠笼、超声波驱鼠器，还差点儿买了高压电捕鼠器，但都不能解决根本问题。粘鼠板上粘到过七只，捕鼠笼也逮住过两只，两次都是我将诱饵放在房

最好的隐居地

顶上逮到的，发现时已饿死在了笼子里。（大概是认定了它罪恶的存在，这要是一只狗，被关起来饿死了，那种惨状，会让人不安几个月，但一只老鼠被这样饿死，就觉得死有余辜。）超声波驱鼠器我也试了，但据说那个东西，在驱赶老鼠的同时，可能还会影响到人的生育能力，吓得我买回来用了一天就扔了。老鼠药不敢用，毒性太大，怕狗误食。印象中，经常有一些农村妇女，跟老公吵架，一赌气就不想活了，喝老鼠药，仅我见过的村口诊所给人灌肠洗胃的，都有很多次。大概是因为喝药、跳井、上吊这种自杀方式，是自古延续下来的。自焚容易被认为是邪教，所以不能选；割腕挺小资的，农村妇女没那情调；跳楼是新时代的风向标吧，但村里的最高建筑也就两层，所以来来回回，也就是喝药、跳井、上吊。高压电捕鼠器，我最终没有尝试，因为我对自己的记性实在没什么信心，担心一觉醒来忘了昨天设置的埋伏，把自己电击了。不管我怎样跟老鼠斗智斗勇，始终看不到效果。老鼠太聪明，每样捕鼠工具，它们上当几次，就会完美避开。老鼠越捕反而越多，似乎附近的老鼠都要跑来挑衅我。

看过我书的都知道，第一只猫我没养好，养成了贼，我对猫很失望，猫对我也很失望。相互断绝来往之后，很长一段时间里有人要给我小猫，我都没有要。这不，实在没办法了，才被迫决定，再养一只猫。

野猫记

终于逮住了这只野猫。

对这只野猫，我可以说是恨了。它每天晚上都要钻到厨房里乱扒一通，盖好剩饭的盘子被它强行推开，挂在墙上的腊肉也被它的猫爪抠成了一条一条的。每天早上走进厨房，看上去都像是进了贼，油壶倒在地上，鸡精也被咬开了，案上全是猫爪印，真的是一片狼藉。有次它来偷吃时，我用来煲汤的锅的锅盖被它掀翻，掉到地上，摔了个稀巴烂。

更不能原谅的是，有次我下山住了两天，回来后发现这只野猫竟然钻到我卧室，在我床上拉了一疙瘩屎……太挑衅了，最后我只好把被罩扔了，被芯挂在外面让风吹了五天。

之前我一直在想，如果有天正面碰上这只野猫，应该会在三种选择中犹豫：一个是任其逍遥，继续每天早起生上一场闷气；一个是坐下来，好好跟它讲讲道理，告诉它不要这么欺负人；还有一个就是把它逮住，拴起来，狠揍一顿。有天打开卧室门，看见一疙瘩猫屎在我的浅绿色床单上，像一块黑色的煤，散发着刺鼻的恶臭，当时我就下决心，果断选择了最后一种。

老鼠是很贼的,但猫能对付老鼠,这说明,猫要是做起贼来,比老鼠可要贼多了。好几次晚上听到有动静,我穿着睡衣轻轻走过去,刚一推开门,它就溜得只剩个黑影。白天见了它,也骗不过来,我用狗粮,用肉,用神秘的微笑,用温柔伪善带有爱意的虚假呼唤,都对它毫无作用。它就远远站在我能看到的位置,保持距离,莫名其妙地看着我,等到我转身回屋,就偷偷溜进院子,把我撒在地上的狗粮吃掉。我一出现,它就蹦蹦跳跳,逃之夭夭,还站在远处若无其事地舔着脖颈下的毛,感觉每天都会冲我贱贱地喊:"来逮我啊,逮我啊,你够不着,够不着……"

但我终于还是逮住了这只野猫。那天突然想起我还有一个逮老鼠的笼子,就找出来,设置好机关,在里面放了一颗牛肉丸,放在它每天都会经过的厨房外面,果然不出所料,第二天就逮到了这只让我恨之入骨的贼猫。太解气了。

在逮到它之前,我对它的厌恶和深仇宿怨,就像《让子弹飞》里姜武勾着手指头说的:"我有九种方法弄死它。"当然我不会真的弄死它,只是说那种厌恶的程度,想着怎么也得找个绳子将它拴起来,禁足一段时间。

但当我真的逮到了它,看到它蜷缩在笼子里诚惶诚恐的样子时,那种恨意竟然一下子就没了。它太害怕了,就像一个刚被宣判绝症的病人,吓得魂飞魄散,骨头都软了。很震撼,我看着那个胆战心惊的眼神,突然就原谅了它之前对我的所有伤害。

真的是不要让坏人变老了。一个父亲，年轻时酗酒、赌博、经常打骂他的儿子和老婆，以至于儿子离家出走，与其断绝父子关系。很多年以后，这个浑蛋了一辈子的老头，只需要站在儿子家门口，表现出一脸的孤独和落寞，再用苍老的、可怜巴巴的眼睛看着儿子说："就只是想见见孙子……"只需要这一下，老头的一生就可以翻盘了。因为那一刻的苍老、孤独和落寞如此真实，每一个人的悲悯，都会被那种真实触动。

这只野猫在被捉住的那一刻，它就没了做坏事的能力，在笼子里的身份便也不再是个贼，而是一只惊慌害怕的猫，并且那种惊慌害怕如此真实，令人动容。

以前看武侠电影，有一些镜头总是让人不痛快，比如一个大侠被一个十恶不赦的坏人屡次伤害，最后的复仇好不容易险胜后，却不杀他，竟然只是把坏人武功废了或者斩断一条腿，然后就让他滚蛋了。我理解不了，坏人那么坏，对自己伤害那么大，怎么不一刀结果了对方呢？直到有一天，刀在自己手上了，才明白，杀一个对你生命有威胁、有攻击性的坏人，是战斗；但当那个坏人被废掉了武功后，就变成了俎上鱼肉，这个时候你再给一刀，就是杀戮了。

但我也清楚，那种觉悟，是源于人之为"人"的恻隐之心，只属于"人"，恶魔没有，猫也是没有的，所以如果我把笼子打开，放它走，它又会变成那只令我厌恶的贼。

于是那天一早，我便提上笼子，骑上摩托车，带着这只猫进了城。直到过了常宁宫,快到何家营的时候,才停到路边,将笼子打开,把那只猫放了出来。它战战兢兢了一路,应该没想到就这样被放了吧?

我也没想到。

疼痛来自地狱

被一根野杏刺扎了，抬腿落脚，刺尖穿破鞋底，直入脚心一厘米。太疼了，直接能用叹号喊出来——我×！

脚心、膝盖和手指，都是传达疼痛最直接的部位，很有疼的质感。以前大拇指被玻璃划到过，缝了三针，裂开的肉红白相间，很难看，但并不疼，应该是麻木了。但打麻药的时候，针尖对准指背关节扎进去，却疼得可以喊出一排叹号。那个医生太粗暴了，针头顶着骨头，左右转，感觉要在我的拇指关节骨头表面，刻出一道又深又长的弧线。印象更深的是，缝针的时候，麻药并没起什么作用，依然能从疼痛里感受到线绳穿过血肉，如麻花一样编织的凹凸感。想来如果用砂纸在伤口上摩擦，那颗粒感会清晰得像狼牙棒一样锐利吧。

小腿胫骨也被磕过，有种渴望截肢的疼。骨头大概是人体最后的结构，承载着最深的疼痛。比如冷，寒风割面，还不够冷，寒风刺骨，就差不多了。比如怕，毛骨悚然，骨头都有点冰。比如深刻，刻骨铭心，伤害刻在骨头上，到此一游，够深了。

戳脊梁骨，也有意思，形容在人背后揭短，感觉像脊梁骨被戳中。看来背后揭短杀伤力很强。恨之入骨，太恨了，恨到极点。骨就是极点嘛，似乎找到了形容程度的规律了，以后表达程度，到骨为止应该就会很有分量。我每一寸骨头都爱你——倒也不好，有点惊悚，听起来像白骨精的表白。

我在想，骨头磕一下就那么疼，那骨头被撞裂的人呢？胫骨断裂，膝盖骨摔碎，可以疼得昏过去吧？但我的朋友马立髋骨碎裂后，他没有喊出来，也没有昏倒，只有吧嗒吧嗒的汗湿透衣衫。我在旁边安慰，一起商量怎样抬进医院，怎样签手术。现在想起来，那一刻马立应该在地狱吧。

我妈妈有类风湿，也是骨头疼，有次在我这儿，疼得忍不住哭。小时候被我气哭过，那是心疼，可以安抚，可以停止，但骨头疼就疼得没有边界。我带她去医院，医生说是游走性类风湿，疼很正常，目前没有什么方式可以根治。那天实在是我最难过、最无力的一次了。

有时候我在想，那些最后疼到身体无法承受而衰亡的人，都相当于生前就走了一遭地狱吧？从地狱到地狱，也就如此了。华涛讲他上学的时候，有同学被人下老鼠药，抬出来抢救的时候，他围在人堆里看。那个女生躺在急救床上抽搐，脸色乌青，眼睛像是要炸出血浆，双手死抠所有能抠的物体，指甲都翻到肉里，像个发疯的巫婆。太害怕了，华涛说，特别绝望，一定是血肉心骨都在疼了。

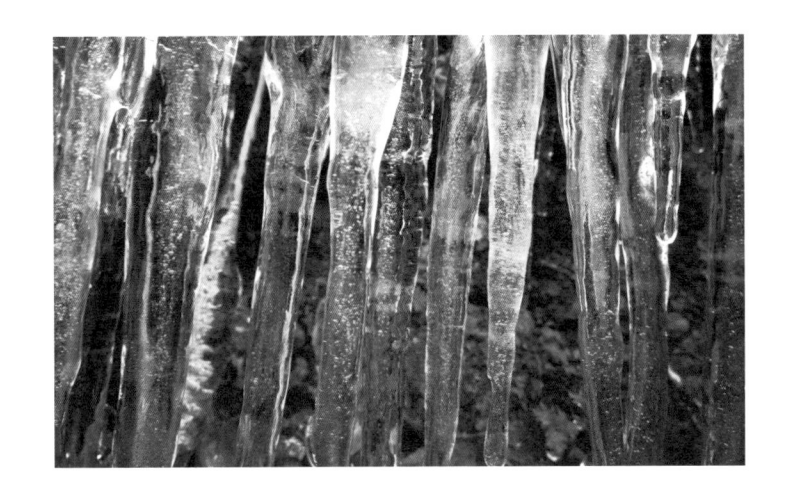

血肉心骨，每一寸都写满绝望，写满疼。那些遭受酷刑的，患绝症的，遭遇意外事故的，那些失火后在火堆里滚，最后烧焦了的人，一定狰狞得像古画里的鬼。

疼痛来自地狱。

想来所幸我只是被野杏的刺扎伤了脚，不是牙疼，不是分娩疼，不是胃疼，不是筋骨疼，也不是枣刺或皂角刺扎到的疼——那两个野蛮的家伙，自带毒汁，起码可以让我这一个下午都想不起怎样去形容有多疼了。

今日有雪

> 雪像一场洗礼,北方人很幸福,
> 我们这不堪的世界多年都可以
> 有一次纯净,像处女、童话、
> 一张白纸,初生。

我是喜欢下雪天的。董遇说,冬者岁之余,夜者日之余,阴雨者时之余也。下雪天和晚上都是读书最好的时候,就是因为太冷,人才懒得去想那么多事儿。只有这个时候,缩在屋子里读书,便成了唯一的事。对于读书写字来说,冬天最出成绩。

夏日阴雨天也是不错的,可以坐在门口看房檐的水滴答滴答掉在地上,专注几个小时。开春后种几棵芭蕉,那就更好了。不过董遇只说"阴雨者时之余也",但没说连续的阴雨天很"坑爹"……有年九月西安连续下了一个月雨,整个九月我大门都没开过,都快长绿毛了。直到弹尽粮绝,才不得不挂着拐棍,披荆斩棘地下山背了些米面。

2011年我和老孟在山上过年，那个时候条件不如现在方便，没电暖器，也没封窗户，跟零下十摄氏度睡在外面差不多。切菜的时候，青椒和蒜苗之类，就是一冰疙瘩。刀法再好也没用，得拿刀背砸碎才能丢锅里。我俩平常爱喝茶聊天，那天给冻得两人一句话也不说，肚子里的热气要攒着。茶也不喝了，喝了茶半夜又得起床放水，想想要离开被窝就难过。待了两天，基本上脚和手都是疼的，对，像让锤子砸了一下那么疼。

我当时想，哦，这就是冷啊，原来真的挺冷的，比想象中的冷要冷得多，想象力永远达不到那种冷。

我一直觉得任何一种经验都是值得感恩的，即便是绝望的时候。比如寒风噬骨、大汗淋漓、万众瞩目、寄人篱下等各种体验，我在它里面时，都会有意去客观地感受它新鲜的那部分。当然我说的那种体验的多样性，并不是指没事给自己制造一个极端环境让自己忍受，而是不得已处在一个极端环境下，依然能找到希望的出口。

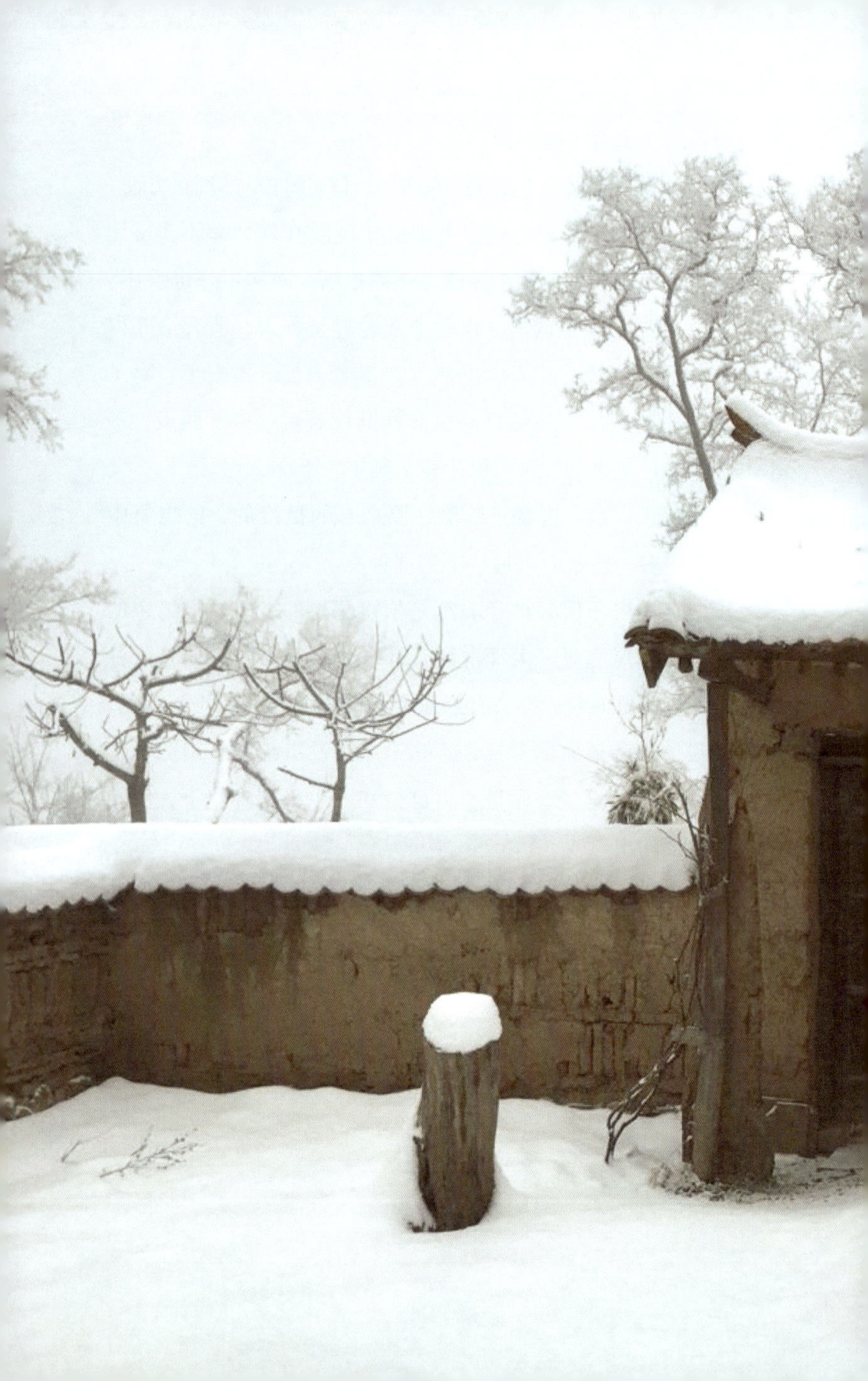

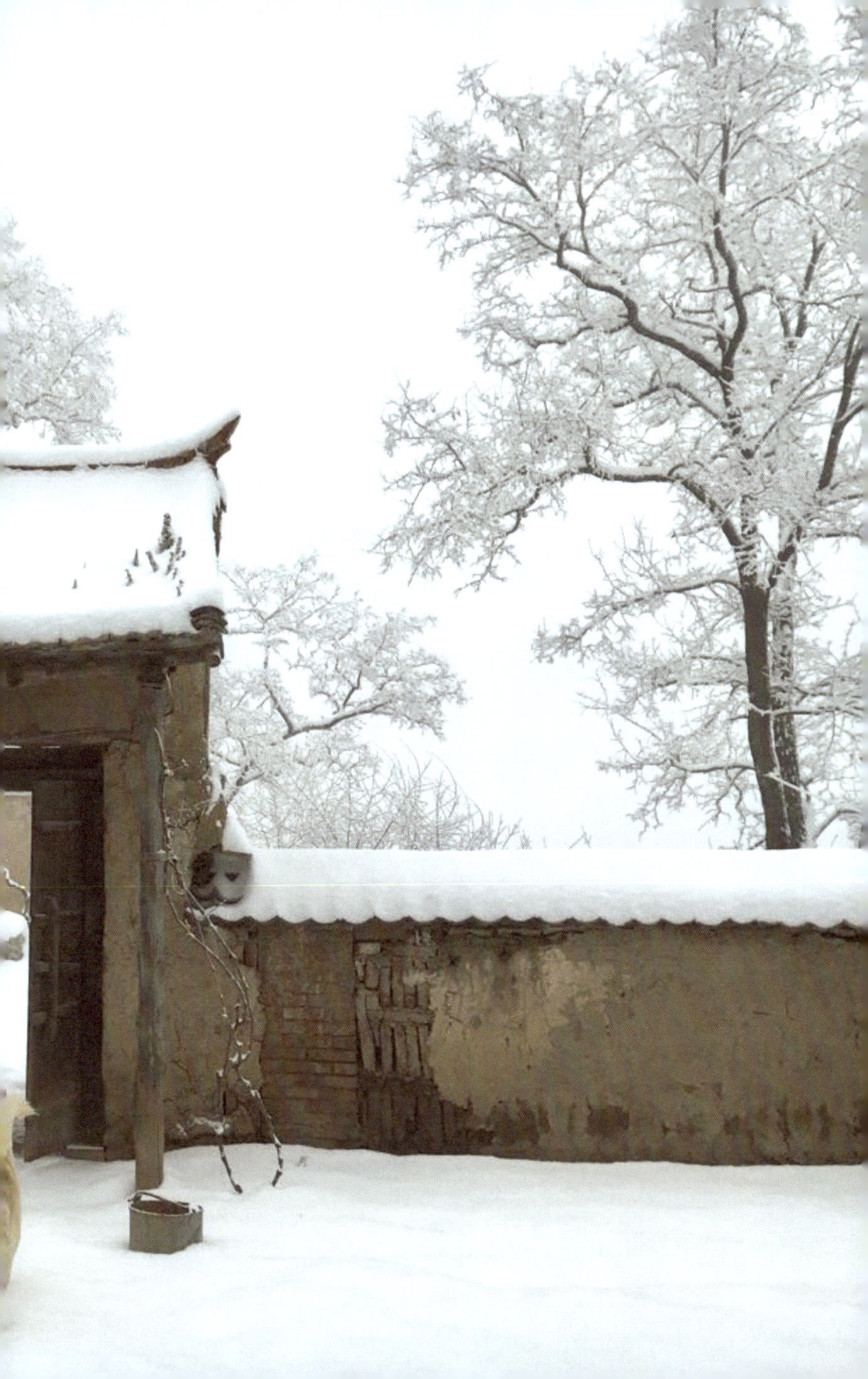

封炉子是个技术活儿

生炉子我现在很娴熟,先点张易燃的纸,然后塞一把艾草的秆,等秆燃起来的时候,再往里填上提前劈好的碎木头。木头的密度越大越好。等碎木头燃烧至三分之一,基本燃起来后,再倒一铲煤,盖上盖子,差不多就可以坐等取暖了。

虽说生炉子不难,但每次生火都会弄一屋子浓烟,也挺讨厌的。所以封炉子,就成了比生炉子更重要的事。

封炉子是个技术活儿,一铲煤一般两三个小时就燃尽了。白天的时候可以不断地加煤,让它持续燃烧。但晚上总不能隔两三个小时起床一次,除非尿频。大冬天半夜起床两三次,辛苦程度大概相当于伺候几个月的宝宝。所以这个时候,如果会封炉子,就可以睡觉前封好,一气儿睡八九个小时,醒来开盖儿就能燃烧。

封炉子其实就是利用炉盖内空气的循环,将燃烧的煤炭封闭起来,通过缺氧让燃烧速度变慢。但这个大小多少的把握,并没有一个固定的配比。因为大块煤和碎煤需要的氧气量不一样,添加煤的时间、煤燃烧的时间都对效果有影响,空气口留

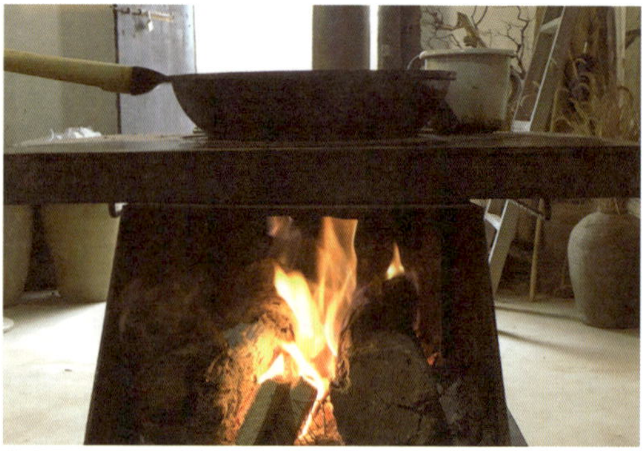

多少也没有标准。所以,第二天是重新生炉子,还是醒来就有温度,完全靠经验的直觉。

和抽烟斗一样,会抽的人,随便塞一疙瘩烟草,一个小时都冒着烟;不会抽的,抽两口就得点一次火,一斗烟抽完,打火机油都用了一半。但你要问那些会抽的人,该如何塞烟草,是松一点还是紧一点,多一点还是少一点,他们也说不出来,就算把自己的配比数据告诉你,你还是会熄火。因为,每个不灭火的烟斗,背后都有灭火无数次之后生出的直觉。

弹钢琴的人熟练到一定程度,是可以不看琴键的,就像电脑盲打,一分钟打六十个字,敲击几百下,根本没有给按哪个键留思考的空间。所谓惯性,其实是手指的记忆,是大脑和手潜意识的协调。

很惭愧,经过两个冬天的摸索,封炉子这件事,我还是没有完全掌握。记得往年,早上醒来,我伸手摸摸炉身,基本都是凉冰冰的。偶尔很烫,我就会很开心,赶紧打开炉盖,等火燃烧起来。所以冬天最冷的时候,我起床后的心情,都是由炉子决定的。一摸冷冰冰的,就叹气:"唉……"一摸烫手,就很开心:"哈哈!"去年冬天我起床后的心情基本是:唉……唉……唉……唉……唉……哈哈……唉……唉……唉……哈哈……唉……唉……唉……唉……唉……今年比去年好一些,今年是:唉……唉……哈哈……唉……哈哈……哈哈……唉……哈哈……唉……唉……

露个富

衡量贫富的标准应该是有的，你想要的都能得到，就很富有了。打个比方，假如我想要的是一辆车，但我买不起，想而不得，有车的那个人就比我富。但是假如我想要的是能在喝茶的时候听上音乐，那我只需要买个音箱就可以了。对我来说，这还是很好实现的。

所以富在我此刻坐拥长安城。富在阳光照在我身上的同时，我在享受阳光照在我身上，当然阳光其实也照在每个人身上，但他们没有回应——就像桃花冲我笑，我也冲它笑。富在这一生的时间都可由我任意支配，随心随性，并会一直持续下去。

富在我有电影、音乐、书、宣纸、毛笔、诗；有鸡有鹅，有猫有狗；有山有云有风有太阳，有吃有喝有余粮，可以在沐暄堂自然醒；富在我春有百花秋有月，夏有凉风冬有雪。日复一日，每一天，每一年，都很坦然。

我每天都会把时间拿来过最简单的生活，做很多有意义的事情，比如做糖拌西红柿汁、给菜浇水，比如睡午觉、躺在吊床上摇啊摇。没办法，我是一个容易在时间上掉进虚无的深渊

最好的隐居地

138　　　　　　　　　　　　　　　　　　　　　　借　山　而　居

的人，只有指尖碰到指尖，实实在在地慢下来，才能感受到"存在"的质感。

我没有办法长期置身于人潮涌动的城市中，对我来说，节奏太快了。人们生活得很被动，城市的建筑越来越宏伟，相比之下，生活在其中的人越来越渺小，易碎得像是擎天柱胯下逃命的小人儿。人类制造了这些现代化的楼和灯，还有巨幅的奢侈品广告，创造出一个个代表着"存在"和"尊严"的虚拟价值，让生活在其中的人去追逐，让没有信仰的人把追逐这些价值当作活着的意义，让没有存在感的人因拥有这些价值而被周围人认同。他们生活在其中，相互给对方压力，人人都是这些虚拟价值体系运转的受害者，同时也都默默充当着帮凶。

避免与之消耗精力的最好的办法就是离人群远一点儿，自己建构一个世界。当你的活动范围内只有你一个人时，那些实用之外的虚拟价值就没任何意义了，因为世界只有你一个人，"舒适"就会成为你生活的全部价值。

虚拟价值被剥掉之后的生活，其实挺简单的。一块钱一包的丝瓜种起码可以可以结一百个丝瓜，有水喝，有饭吃，读书，画画，听音乐，晒太阳，写诗会友，围炉夜话……充足且自由。我不想要的都和我无关；我想要的一切，我都有。

借山而居

摩托车修理技术与艺术

作为一个骑了五年二手摩托车的资深摩友，摩托车基本除了油门线坏、没油、火花塞坏、刹车坏了等内伤我治不了，外伤都不在话下。

上次挂在车尾的车锁锁芯坏了，钥匙怎么捅都打不开。经过长时间的无效敲打，我深思熟虑之后，决定再买一把新的。于是，我就有了两把锁，一把用来锁车，一把挂在车尾晾着。所以虽然现在车能锁了，但每次我锁完车，这把之前的锁在后面挂着，就给人一种没有锁车的错觉。不过这也难不倒我，我打算让它风吹日晒，晾它个十年八年，等锁芯生锈了，自然就开了。

后来新买的这把锁也不能用了，钥匙不见了。于是我又买了一把。现在我的摩托车，看起来更自恋了，每次停车，三把锁在后座铁架上挂着，感觉这个车主天天都在担心有人要偷他的车。

还有一次，我的摩托车后视镜有一个滑丝了，怎么转都拧不紧，一颠簸就跑偏，于是我就拆了。之后，案头就多了个手

感适中的小镜子，很美好，在我吹头发的时候，就拿起来照一照。

大概年久容易生锈，摩托车的大灯开关，每次打开都特别顽硬，推得我大拇指发红它都没有反应。后来我发现，这个大灯开关，好像光靠蛮力是不行的，必须借用工具才能推动，于是每回晚上开车，需要开灯的时候，我就把车停下来，在附近找块砖，轻轻一砸，就亮了。特别方便。

车头偏了，更简单。找棵树或者电线杆，将车头贴着一边，用力，以前车轮侧面撞击树身，掌握好力度，咣当几下就正了。

记得有次海隅开了一辆商务面包车帮我拉画框，上山的路上，车后门关不上了，走平地的时候也没什么影响，一上坡，后面两个对开的门，其中一扇就自动敞开了。海隅下车研究了半天，对我说："这附近也没修车的，你坐后面用手先拉住吧。"

于是，我从副驾驶跳下来，走到后面，找了根绳子，一头绑住门，一头绑住后座上方扶手，就给拉住了。

这个技术后来也用在了我的摩托车上。有段时间，摩托前轮挡泥板被车头篮筐多次盛放重物压塌，每次下坡都会与轮胎摩擦，咯吱咯吱，很是讨厌。凑合了半年，终于在一次下山之前，我使出撒手锏，找了根绳子，一头绑住篮筐，一头绑住后视镜杆，瞬间就修好了。

后来摩托车被修过的部分越来越多，看起来越来越破，越来越安全。每回下山，我都随便找个超市、餐馆，假装顾客，把摩托停在门口，自己坐公交车进城玩。甚至好几次忘了锁车，停放在路边，过了个夜，都没被人发现。太破了，这辆车，根本不值得背负"被偷"的风险。

有天，我和朋友约着爬附近的山，见他骑了辆摩托车，也是重庆产的，个头不大，叫银钢，听起来挺自信的。动力比我的嘉陵也确实高出很多，款式好看，我很喜欢，突然就萌生了换车的冲动。但看着自己的摩托车，又有些内疚，人家好好的，也没什么硬伤，换新的总有种抛弃它的感觉。何况本来就是个二手车，已经被抛弃过一次了。物尽其用，再等等吧。

可能是我对朋友那款车的爱意太明显了，隔了不到一星期，我骑着我的嘉陵去江伟家玩，回来时迎面撞上了一辆小轿车。人没事，车撞坏了，这下它终于浑身都是硬伤了。我摇摇晃晃地骑到镇上，找了个摩托车修理行，花了七十块，卸掉了篮筐，

换了个二手的车头方向轴，调了下减震。师傅把嘉陵撞坏了的车头方向轴卸下来丢到地上的时候，我突然觉得，摩托车的发动机如果是心脏的话，那车头的方向轴一定象征着什么。

果然，换了方向轴后的嘉陵，有种被阉割过的黯然。车头依旧是歪的，靠着电线杆侧撞了很多次都校正不过来；调整后的减震也没见起什么作用；爬坡的时候，发动机竟然也没之前那么轻松了。看上去更破了，破得让人担心越过了安全的底线。

很奇怪，这辆摩托车，一夜之间就老化了。

哈喽，摩托车

早上烧落叶，火刚烧起来，听见狗叫，见老孟背着包下来，问我拿摩托车钥匙，说下去一趟买点烟，问我要捎点什么。我想了想说，买两斤肉末吧，我泡的酸萝卜可以吃了，配肉末来炒。老孟答应着，拿了钥匙就下去了。过了二十分钟，刚烧完的落叶还有余烟，远远又见老孟走过来，说摩托车出问题了，一打着火，声音跟飞机发动机一样响，挡位都是乱的，直接往前蹿。老孟心有余悸地说，若不是丢得快，估计连人带车一块儿飞出去了。

我听到这种情况，有些摸不着头脑。上次回来停车的时候，摩托车是好好的。它一直老老实实、兢兢业业，有时天太冷打不着火，偶尔爆胎，但好像从来没有直接往前蹿。没有经验，想象程度就很有限。老孟说，蹿出去七八米远，车倒在地上，脚刹也给摔弯了，需要拿个锤子和撬杠。我回屋换鞋，戴上手套，取了锤子跟撬杠，跟老孟一起去放摩托车的地方。

摩托车在大路尽头"骆驼腰"下面一个没人住的院子里放着，我们把车推出来。前段时间换的四四方方的车篮，又成多边形了，前刹车扣在脚蹬上，软软的，已被掰弯，我拿撬杠费了好大劲，才给它掰直。保险起见，我把后支架撑起来，让后车轮悬空，然后试着打火，想听听看老孟说的跟飞机一样响的发动机的声音。

打火之前，我一直都没有特别当回事，心想车坏了能可怕到哪里去，顶多就是滑下去修车。但当车发动起来的一瞬间，我就吓坏了。这声音太刺耳了，声音大到要把排气筒都震得射出去，感觉油门线都要挣断了，车身像被捆住的子弹一样颤抖，空气仿佛都被撕裂了，让人有种极不可控的恐惧。

只持续了三五秒，我就慌忙关了火，跟老孟说："确实挺吓人的，得下去修。"然后我把车往前推了几步，坐上去，问老孟："你坐不？我慢慢滑着下去。"老孟说："呃，我还是走着吧。"

我骑到车上，就着坡往下滑。往年冬天，也有过天太冷打不着火的状况，往下滑的时候，我就会挂上挡，这样的话，只要发动机不发动，车就会因为挡位的限制滑得慢一些。但没想到，刚顺着坡滑了两米，发动机竟然给助推着了，瞬间"嗡"的一声，摩托车冒着黑烟就蹿出去了。我都不记得我当时是怎么跳下来的（车好像是被我扔出去的吧？），只是站在那里愣愣的，望着前方三五米远处倒着的摩托车，耳边响着熟悉的撕裂空气的声音，隐约听见背后老孟说："又蹿了啊？"

我突然就意识到老孟刚才回去找我拿锤子撬杠时的心有余悸了，确实是"若不是丢得快，估计连人带车一块儿飞出去了"。

很遗憾，人总要自己试一次，才能确认那些想象力无法达到的真实。我赶紧跑过去，拿钥匙关了开关，把车扶起来。这下，滑都不敢滑了，推吧。

我推着车，走在路右边，老孟背着包走在我左边，边走边聊天。我说："开车也有刹车失灵的时候，骑个驴，驴也能发疯了。"老孟说："还是两条腿最可靠。"然后我拍了下车头，说："你这家伙，自己会打火，这是想退休吗？"

我有阴影了，虽然很感激我的摩托车不是在我开到半路时出现这种状况，但还是觉得那种未知的危险挺不可控的。在此之前，我骑摩托车从来不会有这种"油门坏掉了"的心理准备，更不会有这种"不可控"的忧患意识。以前我骑摩托车遇到拐弯路口也不知道减速，直到有次差点跟人撞车，才学会遇到路口有所警惕。很多事靠认知是没什么用的，只有用身体经历一次，才能真正地改变。就像这句鸡汤一样的感叹，只有在我把车扔掉的那一瞬间，才能体会到油门失灵的危险，体验真正的质感。

不过，可能正是造物主给人类出生时设置了一键还原，才有了生生不息的循环。你想啊，如果所有的经验都是可以遗传的，那每个人都是佛陀了。

推了两个多小时，走得浑身是汗。到了镇上，找了家摩托车修理店，师傅转转车头，摸摸油门线，然后手伸进摩托车胸腔的位置，紧了紧螺丝，说："油门线下面有个环松了。"果然，再次发动后，车就好了。我和老孟很失望，都觉得这也好得太快了，快得有点让人觉得它随时可能会再坏。按说我俩推了一两个小时，惊魂未定，怎么着也得修个二十分钟，才能对得起这身体和精神的双重伤害吧？

我跟老板说，还是帮我全部检修一遍吧。于是，老板把车支起来，给摩托车换了新的脚刹，换掉二手排气筒和不再自己打火的开关，调整了前刹车，加了机油，用脚踹了几下被摔偏的车头，做了一次深度全面大检修。零零碎碎收拾了三个多小时，结束的时候，天都黑了。老孟说，这下估计得花大价钱了。我说应该不会，这家老板修车比较实在。

这家修车店对面，也有一家修摩托车的店，是个老店，干了一辈子。几十年来，修车定价完全随心情，上次给我装个车灯和篮筐，收了我一百二十元。自从前年对门的小伙子也开了家修车店（就是给我修车的这家）之后，老店就没生意了。邻近村子常修车的人抱怨了很多年，终于可以有所选择了。所以现在他家门口每天都冷冷清清的，对门的修车店却排着队。每次我看见他揣着手坐在门口不说一句话的样子，都能感觉到他内心的激流暗涌。

车收拾完后，老板嘀嘀咕咕算了一会儿，说："你给一百一十元吧。"果然很实在。我给了钱，骑上车，反复叮咛："老板你要不要再确认一遍？我可是爬山的，如果骑在半路的时候坏了，那我直接就飞下去了。"老板笑着说："放心放心。"

其实即便我的摩托车和以前一样安全，或者比以前更好了，对我来说也是不一样的。因为根本不是它的问题，是我有阴影了，心里有个结。油门坏掉本来就是个概率问题，和生死一样，概率只是概率，不能代表全部。接下来我和我的摩托车，有三种结果。一种是和摩托车相爱相杀、相互折磨，每次骑着车，都想象着它突然失灵，每次停下车，都感觉像是捡了一条命。一种是继续完全信任它，像以前一样，突突突突突，哼着小曲儿，来去一阵风。再一种就是抛弃它，换辆新车。但我不想抛弃它，也不想每天骑车都想象着车祸，所以我选择自救，完全信任它。于是，我打着火，摸摸摩托车的车头，就像主人摸摸他的小狗。

突突突突突——走之前，我把嘉陵拆卸下来换掉的脚刹、钥匙和排气筒都带走了，以前换掉的车胎，我也都留着。因为我的摩托车和别的车不一样，它已经跟了我五年了。

老高

> 去年冬天，
> 我在老高的房子里，
> 看见了那辆暗淡的自行车，
> 用两条红塔山，
> 换了过来，
> 放在了后院。

我们村走了老伴儿的孤零老汉很多，老高便是其中一个。老高家一直在深山住，搬来浅山后，老宅子门口那棵腰粗的核桃树就没人看守了，每年老高去收核桃的时候，都发现被"驴友"摘了大半，老高一生气，上去就把那棵核桃树放倒了。老高以前养的鸡，每天跳过门槛飞到屋里乱扒一通，每次轰出去，一转身，就又钻进屋里，反反复复。鸡脑容量小，就是这么没底线，但老高很生气，抓住鸡，摁到门槛上就把鸡脚剁了。后来村里婆娘们都爱聊，说老高家有只鸡，没有爪子，是用两根棍儿戳在地上走路的，她们都觉得特别好笑。

老高有副墨镜，是两年前上山玩儿的一个老板给的。墨镜和车一样，象征着城里人的荣光。于是自打有了墨镜，老高就再没取下来过，吃饭、睡觉、提水、挖地都戴着。那段时间，很少串门的老高，几乎把附近几个村逛了一遍，每次我骑着摩托上下山，都能遇到老高戴着墨镜，背着手，满怀期待地巡山。所以每次我都会顺势表达我的赞赏："老高，墨镜酷得很啊。"然后老高每次也都会酷得不知所措，咧着嘴乐，感觉要是有头发，一定会轻轻一甩，谦虚地说：不酷不酷。

老高还有一辆自行车，十年前买的二手，八十块钱。可能跟墨镜的情结一样，自行车也是老高年轻时羡慕的荣光，买来的那天，他一口气把车推到了山上。老高不会骑车，但从那天开始，每次山下逢集，老高就推着自行车，步行一个多小时的山路，到镇上赶集。整个上午老高所做的，就是推着自己新买的自行车，从集市的这头到另一头，再从另一头到这头，什么都不买，只是在熙熙攘攘的集市上，想象每个能看见他和他自行车的人的目光。直到集罢，人渐渐稀少了，老高才又推着自行车，步行一个多小时的山路回去。

想起山下村子一个男的，穷了一辈子，终于买了辆车，一辆银色的五菱宏光。房东说那个人把车买回来后，从来没开过，就放在门口，每天擦洗一遍，就像爱猫的人擦洗他的宠物，银光闪闪。房东说，三年了，车还是新的，从来没见他开过。

老高很懒，出了名地懒。在这个劳力比较稀缺的年代，农村五六十岁的男性，很容易就能找到工作养活自己。跟他年龄差不多大的基本都有收入，只有他无所事事，常常饿肚子。其实如果将吃饱穿暖作为底线的话，工作真的不难找。给人搬砖盖房子，帮人看大门，多少都不至于饿肚子；再不济，种点粮食，也够自己吃了。要是勤快点，山里中药、野果那么多，只是用"捡"，每年都足够他衣食无忧。但老高懒啊，捡，都觉得麻烦。

其实"懒"对我来说是个中性词。惰性，人之本能，而本能都自带魔力，不用扶持，径自生长。而那些懒汉，只不过是懒滋生蔓延的过程中，没有修剪。我们老家就有个长荒了的懒汉，更刺激，叫"大皮套"（听名字就挺酷的）。大皮套跟老高年龄相仿，也是人模人样的，没有任何生理缺陷。大皮套有房有地。房应该是祖辈留下来的，离我家不算远，小时候我常从他家门口过，里面乌漆麻黑的，跟废品收购站差不多，堆满各种垃圾。他家的地，自我记事起就荒着。我妈说，有一年见他种麦子，直接把麦种一把一把扬起来，撒到地里，第二天全都喂鸟了。

大皮套自己从来不做饭，每天饿了就到村里转一圈，从垃圾堆里捡点儿东西吃，生活水平的波动，和村里节气变化差不多，逢年过节，也不缺肉味儿，很稳定，很常规。小时候常听大人讲一些关于健忘、傻子、懒汉的笑话，比如一个人健忘，被媳妇派去买东西，记了一路，快到时摔了一跤，就全忘了；讲到懒汉，就说一个贼，半夜去懒汉家偷锅，第二天懒汉起床，发现锅变样了，跟新的一样，以为眼花了，原来贼把懒汉多年没洗过的锅巴给揭走了。很好笑，很民间。以前我看不起《笑林广记》里的笑话，觉得很尴尬，如今再看，实在经典。

有段时间，邻居利平在山下一家农家乐打工，帮忙给人烤鱼，店里生意很好。他可怜老高饿肚子，就介绍老高过去打扫卫生。可是扫地收盘子的活，才干了两个月，老高就被辞退了。老高每次收盘子时，都会把桌子上的剩菜吃一遍才开始工作。其实服务员吃剩菜很正常，但你可以端下去背着吃啊，邻座还有很多正在吃饭的客人呢，这边老高就边收盘子边拿手捏着吃，太影响生意了。不过这还不是老高最终被辞的主要原因。老板花六七千买了一条名犬，让老高喂，一个月后，那只狗就饿死了。没错，饿死了。老高把给狗的菜，都自己吃了。

听说老高有个儿子，感觉像是虚构的。我来山上三年多才知道，老高竟然是有儿子的（这事我到现在都有点怀疑）。后来邻居解惑，说老高的确有儿子，只是这个儿子是跟着舅舅长大的，跟老高没什么感情。老高媳妇走得早，养儿子的责任就落到了老高身上，但懒汉怎么可能被"责任"这么有重量的词语给束缚，所以老高从来不管儿子，只顾自己，并动不动就打骂，不给饭吃。后来孩子的舅舅看不下去了，才把外甥接走，抚养成人。

借山面居

我第一次也是唯一一次在老高身上看到他有儿子的痕迹，是在2016年的深秋。那段时间老高很久都没来我这儿串门、讨烟抽，一两个月都没见人影。直到有天我下山，快到山口的时候，碰到老高背着一袋馒头往山上走。我问他去哪儿了，他说儿子在北郊开的小面馆最近缺人手，让他过去当服务员，打打下手，包吃包住，还给工钱。老高讲这些的时候，一脸春风得意，轻描淡写地说："一个月一千多。"

老高确实有钱了，那之后老高就没再出去过。一个月一千多，两三个月，够花一段时间了。那段时间，政府给贫困户发米面油，有老高一份，让老高去领，老高都没去。老高才不需要那点儿施舍呢。

村里人都很难理解老高的世界，笑话老高，觉得白送的米面油都不要，肯定是脑子进水了。他们不理解暴发户的行为，更不懂有钱人的逻辑。暴发，指的是一种反弹，以前朝思暮想而不得的，现在多得能溢出来，那还不得好好表现啊。好不容易春风得意，必须痛快扬眉吐气。

老高从深山搬出来后，一直住着亲戚的房。这两年，山里外人越来越多，本地人却越来越少，我来的那年，老高那一排有四户，到去年，就只剩老高一个了。那年秋冬在儿子那儿挣的三千多块钱也早已吃空，老高重新回到那种食不果腹的常态，又戴着墨镜在村里闲逛起来。

前段时间，我从老高家经过，发现院子里停了辆车，老高家的房门敞开着,几个看起来很明显的外地人在里面清扫。一打听才知道,他们是新搬来的,这房,被出租了。我很是诧然,难道这两年因城里人入侵,为了租金,亲戚不让他住了?那老高住哪儿呢?

半个月后,利平上来给我修水池,歇息的时候,聊到老高。他说把房租出去,是老高自己给亲戚撂的话,没人赶他。原来前段时间,老高被人介绍到附近一个养猪场打工,帮忙看门、喂猪(猪食太难吃了,肯定不会把猪饿死了),养猪场的老板提供吃住,给老高一个月一千元,于是日渐消瘦的老高迅速东山再起。一个多月后,刚刚站稳脚,他又开始膨胀了,想着现在有吃有住的,完全没必要再回以前那间破瓦房了。一大方,就放话让亲戚把房子租出去了。

这的确"壕"气,是要和过去划清界限的大手笔。但悲剧的是,老高没料到,这边刚宣告完自己今非昔比,那边就被开除了。有天,养猪场的老板把外套挂在椅子上晾晒,老高趁人家不在,就把里面的手机掏了出来,翻图片、打游戏,等老板发现手机不见了到处找时,老高才从自己裤兜里掏出来,还给老板。这太让人硌硬了,虽然能理解,老高只是单纯好奇、想玩,而不是偷手机,也肯定没有一点儿偷的闪念,但谁也无法接受雇这么一个让人没安全感的看门老汉。

于是,老高被开除了,老板要回手机后,果断要求老高滚蛋。村民说,老高真的是脑子进水了,也不想想,当时有吃有住有工钱,但往后能一辈子都在那儿干吗?一点儿后路都不想。但我倒觉得,老高脑子没什么问题,就是目光短浅了些。后路,太模糊了,老高才没那么深邃的远见。

如今老高无家可归,在山下河道边,找了一个石头洞,临时住着。村里人串门聊天时,都在猜想冬天下雪时老高会不会冻死。但慢慢地,这个猜想就被否定了,谁也没想到,周末开车来山里寻找精神慰藉的城里人,竟然越来越多地停在老高住的山洞前,拍照合影,围观老高。他们都坚信,这个吃得简单、衣着朴实、青鞋布袜、少言寡语、住在山洞里的光头老人,是个"隐士"。

真好,秋天还没到,老高的春天就来了。

和水有关

刚住上来那年很缺水,几乎每个季节都停水,夏天太旱会停水,冬天上冻也会停水。春秋季节按说不冷不热,不该停水,但每逢下大雨,水源接口处就会被树枝、泥沙堵住,自然也就没有水。第一年在这里住,除了山里的潮湿,吃水是最不痛快的事。

我住得比较高,接近山顶,本来并不影响吃水。人和动物一样,最初选择扎根落户的地方,都必然是先有水的。不管多深的山,只要有房子,基本周边就会有水源。我们村也一样,在比我住处还高几十米的地方,有一个蓄水池,据说是二十世纪六七十年代的本地人从对面更高的山里,通过管道,将远处山石夹道里流出来的山泉,引流到我们这座山的。

最早的引流管道,从对面山到我们这座山,大概有三公里,全是电线杆粗的水泥管道,一根一根靠人力抬上去,工程量相当庞大。我曾经好奇地走到源头看水源,磕磕绊绊爬了一个多小时才到,路程只是从山口到水源的五分之一。想当初,这几百根电线杆粗的水泥柱子,却全都是靠人力,像蚂蚁搬家那样,从山下一点一点抬上去的，挺震撼。有时候想想，集权也不完全一无是处。大多数我们看到的精美绝伦的艺术品、历史景点、巨大宫殿、城墙和园林，都是集权的产物，只有在不计工本、拥有绝对权力的语境里，才有可能产生那些令人敬畏的艺术品。

后来水泥管道年久失修，撑到二十世纪九十年代中期，差不多就完全废弃了，随之换成了拳头粗、一寸厚的塑料管道。我问房东，当年埋管道他可还记得，房东说记得。埋管子的时候，每家都要出劳力，挖沟渠、抬管子，男女老少都参与，将近一个月才完工。他又说，现在就没人愿意这么白出力了。

我刚住下来那一年很缺水，是因为二十年来那个一寸厚的塑料管已是千疮百孔，有时雨天泥土松软被牛踩裂，有时被植物的根给刺穿，总是被堵。一场大雨，泥沙俱下，我这就没水了。刚开始我不知道什么原因，以为这是物理性常态，突然没水了，突然又有水了。后来才知道，停水的话，只要有人过去把堵住的地方疏通下就行了。但就因为水源太远了，每修一次要来回攀爬两三个小时，所以没人愿意去。

很多年来都是如此。每次停水，我们村的人都按兵不动，相互观望，你等我去，我等你去，谁先渴得受不了了，谁再去。感觉谁撑到最后，谁就占了个便宜，以至于冬天停水，村民宁愿各自喝雪水，也不愿意去修，往往开了春，才突然来水。但夏天停水，水来得就比较快，人们各自观望三五天，渴得说话声音都变哑了，要吐血，实在撑不下去了，水就来了。

后来听队长说，政府早在六七年前就把新的管子发下来了，但由于没人愿意出劳力，就扔在了柴房里。当时动员大家埋新管道时，竟然有人问一天多少工钱，他气得索性不再管。给自己修水还要工钱，也就只有这个时代的人才有这种底气。

水少的时候，大家都很惜水，刚开始，我作为外来住户，在本来就爱歇业的分流池中，又接一道水管，邻居似乎都不太高兴，三天两头就把我的水管堵了。好几次我以为是断水了，路过其他人家，竟然水流哗哗的，找了好久原因，才发现我的水管接口处被人堵了木棍。

真调皮，堵我的水，还爱偷东西，虽然偷的都是些小东西，比如一些柴，或者忘了收进屋的农具，有时还偷鸡、偷蛋。在他们看来，叫"捡"或者"顺"更合理。被偷的东西虽然不值钱，但营造了一种不安全感，小坏就成大恶了。

其实村里就几户人，我也都知道谁偷的，只是没拍到现场，也没法去理论。农村这种事情很多，记得小时候在农村，经常有婆娘在村口大骂，谁偷她家鸡蛋了。其实她骂的时候是有所指的，大家也都知道是在骂谁，只是那个偷鸡蛋的人假装不知道罢了。

刚住下来那一年几乎每个季节都会停水。直到去年，为了开发旅游，队长带领青壮年男劳力，花了两个月的时间，把管道换了，从那以后就没怎么再断过水。但即便水量充足，长流，都溢出来了，我也很少明目张胆地过分用水，那太挑衅了。

最好的隐居地

又做了件蠢事

这天又做了件蠢事。刚才郑佳跟邻居小华家的狗咬架,被小华家的黑狗咬住耳朵,血流了一地。郑佳眼睛刚瞎,我担心耳朵再被咬掉,情急之下就拿着棍朝着小华家的狗敲了一棍。打完我就后悔了,慌乱之间打到了头,那条黑狗两腿一软,差点儿晕倒,随之缓了缓,摇摇晃晃就跑回家了。

但这还不是最蠢的。更蠢的是,郑佳和黑狗咬架的过程中,黑狗的主人小华赶着牛,也在旁边看着……对方当场就怒了,指着我鼻子破口大骂。从我上下山在他家谷子地里踏出一条小路,到去年养的鸡吃他家的菜,一直数落了我好半天。

挺能理解的。刚才的过程就像两个小孩打架,自家儿子吃了亏,被按在地上,家长过去帮忙打占了上风的另一个孩子。可是人家家长在旁边也没插手啊,大概这就是典型的护犊子。我自知羞愧,不知如何是好,只是任由他骂,满脸尴尬地赔不是。

很沮丧,两只狗咬架,又无法近身拉开的情况下,我一直都不知道到底该怎么办,好像责怪哪个都不对。

小华冲我数落发泄完,骂骂咧咧赶着牛就回去了。我回到屋里却很不自在，羞愧又尴尬，转念一想，也觉得有点不安，想着这郑佳总是好勇斗狠，下次再跟黑狗咬上，小华要是记恨，一棍把郑佳敲死，也很有可能。农村就是这样，不是你怕谁，而是不喜欢过个日子磕磕绊绊。趁我不在狗被敲死的话也只能认栽，即便心里知道是谁干的，但没抓个现形，也无话可讲。

我虽然有点儿磨不开脸，不知道说啥，但还是想着等对方气消一些，应该提点什么赔个不是。只是很纠结，如果提点菜吧，人家自己种的比我种的都多；提鸡蛋吧，人家也养了鸡；带肉的话，是生肉呢，还是骨头呢？带骨头，明显是抚慰狗的，带肉的话，就是另一回事，表面看是抚慰狗的，其实是有意留给主人家的。很微妙。

在农村，一个外来者跟当地人的关系是最难处的。过得好了，别人会多一些隐隐的嫉恨，每张善意的笑脸背后都在打着占点便宜的主意，很丑陋；过得差了，别人就多了个茶余饭后的笑话，指指点点，也很难看。很难找到那种不多不少、恰到好处的平衡。不过让他们笑话总是比嫉妒好一些，笑话就笑话，你的世界又不在他们之间，但被眼红就很麻烦。

中庸与平衡，都是为了生存。后来我提了点儿排骨，过去赔了个不是。

半个月后，中午正修树，又听见郑佳和别的狗撕咬，我一手攥着剪刀，急忙走出去瞧。只见院子外面，一条大狗和郑佳扭打在一起，四个男人在旁边手忙脚乱。于是我赶紧快步走过去，大声呵斥，希望能把郑佳支开。但是狗咬狗不像人打架，撕咬的时候是没有理智的，两条狗咬红了眼，任凭两边主人怎么斥骂，两只狗始终疯狂撕咬着左右冲撞，场面失控。

郑佳冲撞之间，又被另外一只狗咬住了耳朵，而这次不同的是，被咬住耳朵的郑佳反转脑袋的同时也咬住了对方的脖子。我正束手无策，不知如何是好，对方狗的主人却毫不犹豫转身捡起一块砖，对准郑佳的脑袋，狠狠地砸了过去。这一砖带着憎恨，几乎使尽了力气，接着郑佳惨叫一声，就后退着踉踉跄跄逃跑了。我当时一下怒了，情绪激动，怒道："有你这样拉狗的吗！"说完也回头找了块石头，冲着那条黑狗扔过去。对方见状迅速冲上来，一人夺去我手里的剪刀，另外三个人拽着我的衣服，推推攘攘将我围住，感觉每个人都压抑着动手的冲动。直到郑佳被那条黑狗追到下面坡地，完全消失不见了，大家才都冷静下来。

那几个人虽都在情绪上，但也知道这种事不宜多言，所以带着狗骂骂咧咧就匆匆离开了。我对着远处的坡地下面大喊郑佳，不见踪影。过了很久，才看到它满脸血迹，从远处怏怏地走过来。

那天看着郑佳额头上三寸多长的口子，我情绪低落。想起之前的事，突然发现邻居小华的做法才是对的：两只狗咬架，唯一能做的，就是站在旁边看着，谁也不帮，任其咬死咬伤。因为胜败，总有一个结果的。而那个结果，的确应该是失败的一方选择冲上去之前，就应该承担的。

最好的隐居地

人间桃花源

我不喜欢画画，也不喜欢写诗，因为我觉得任何企图对疼痛的表现，都不如直接递上一把刀子。

人的灵魂是被封印在身体里的，就像很多开关，每次被触动，就会打开一个。有时被震撼，会同时打开好几个；有时顿悟，灵光乍现，一瞬间所有的开关都打通了。

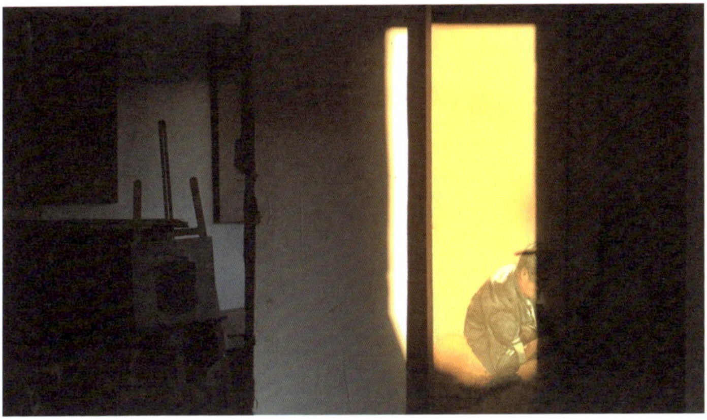

不要扫雪

每年冬天我都跟永琴强调,不要扫雪,不要扫雪,白白净净的多好看,你不扫它,雪该化的时候也会化掉了。但永琴还是会忍不住偷偷地把雪扫出一条路。

我对奶奶说,院子里的草,不要拔掉,不要拔掉,反正又不是长在菜地里,路两边绿绿的多好看,但我奶奶还是忍不住内心对草的痛恨,一株草芽都不留。那大概是因为农耕文明里对草几千年来的定位。在我奶奶看来,长在院子里的草,就像长在麦田里的寄生兽,不除掉,实在难受。

每年将要过冬的时候,我都和永琴说,不要打柿子,不要打柿子,你又不吃,挂在树上,一串串红红的盖着雪,多好看。但永琴每年都会偷偷拿着竹竿把能够到的柿子全部打到地上。在她看来,秋天一过,柿子挂在树上,就像熟透了的粮食没有收割。

院子里放了一年多的两棵树桩,年前我找邻居拉下去开了两锯,截成板,一棵用来做茶海,一棵做案。其中有一棵是空心的,截之前我就想,不要太平整,不要太平整;截开后,切

面的虫洞果真错综有序，堪称完美（只是遗憾木料太差）。我的反应是，真棒，太漂亮了。截板的工人和邻居就忍不住笑，说这还漂亮，白给我都不要。

砌墙的时候，我跟工人说，不用太工整，不用太工整，笨笨的，挺好看的。工人就笑话我，这墙砌得跟旧社会要过饭似的。刷墙时我反复强调，不用太均匀，不用太均匀，斑斑驳驳留点儿肌理。扎篱笆时我说，不要太齐，不要太齐，参差不齐，有点变化。挑根拐棍时我说，不要太直，不要太直，曲直疏密，有点节奏。

直到现在，有人看到我院子里冬天用来听风的玉米秆时，还会说，玉米都已经收了，玉米秆怎么还留在那儿不砍掉？

我很清楚，人对旧事物的喜好来自对农耕文明的记忆，比如文玩上面的包浆，其实就是农具上被长满茧子的手握出的那部分黑釉。对"旧"的审美、返璞，是对现有生活的反思和觉醒，是文明发展到一定阶段必有的产物。

在我爸看来，我喜欢的老物件，只不过都是些农村人看腻了的旧破烂。而且我永远都无法使他理解，那些"破"，是审美的产物，像书法，稚拙但不失法度。我的审美指向的是美学里的"美"，是多样复杂的沉淀，是散点透视。他的审美是一点透视，对所有事物美的标准，都指向同一个点——有钱。

他曾经很不理解我留着之前的土墙："你看这围墙，现在谁家还有土坯墙？旧社会才是土坯房，你拆了，换个铁丝的。房顶换个那种红色的彩钢瓦，不就不漏雨了？还漂亮。院子里铺上水泥地，屋里买几张地板革，还能拖地。"按照这种审美，再有钱一点儿，一定会镶瓷砖，继续的话，就是罗马柱、防盗窗、红屋顶，再有个车库。终极的审美是：土豪金。

不能想象终南山杵着这样一栋房子！简直让人想死。

而我和我爸这种审美的矛盾，背后的深层原因，就是我和这个世界的矛盾。

人间桃花源

刚才摔了一跤，感觉还挺不错的

阴雨路滑，上山时我摔了一跤，过程很短，动作很流畅，左肩、腿、胯部同时着地，声音沉闷而有力。这一跤摔得并不疼，也没蹭多少泥。姿势很潇洒，很完美，三岁以后我都没摔过这么大气的跤了。只是遗憾，我摔倒后竟然条件反射地环顾四周，看看有没有人。真是奇怪，没有人的时候，不疼不痒地摔一跤，像个在蹦蹦床上蹦跳的小宝宝，其实感觉挺不错的。但有人的话，好像就变得狼狈又尴尬了。

看来，羞耻心和自尊心，皆来自他人。

人 间 桃 花 源

苹果苹果

摘苹果的时候我发现，苹果的果把挺神奇的，细细的，却能吊着那么大一个沉甸甸的果子。不像葡萄，葡萄的果把是藤的质感，韧性很强，所以吊多少都觉得很合理，可是苹果的果把跟火柴棍一样细，挂在树上竟是非常稳固，风吹、摇晃树都不会掉。摘苹果的时候，却又是伸手轻轻一碰就掉了。

我觉得，应该是苹果很怕痒。

苹果树结起果子来挺张狂的，每棵树都多得像串珠一样，很自负的结法。经过长年矮化的苹果，最高处的也能伸手即得。爱吃苹果的人进苹果园，应该就像爱吃巧克力的小朋友进了查理的巧克力工厂。

有次在朋友家的苹果园摘果子，朋友说，有一棵红富士专门留了几枝给自己人吃。我看了下，好像没什么特殊的，甚至相比它旁边的其他苹果树，这棵红富士的外观品质暗淡很多。其他树的果子都是又红又大，温润光洁，颜色像口红，看起来好像更脆更甜，而这棵红富士就普普通通。如果不是朋友指定这棵树的果子比其他树上的更好吃，我肯定不会选择这棵。带着某种不确定,我摘了一个。确实挺好吃,又脆又甜,咬一口,水珠即于唇齿之间迸溅。

吃完那个相貌普通的苹果,我还是惦记着那个又红又大、色泽更美的,觉得那种可能会更脆更甜。它长得就很脆很甜啊,如果有差别,能差到哪去?于是我在朋友家吃过午饭后,终于还是没忍住内心的好奇,独自跑到苹果园,摘了一个看上去比刚才吃的红富士品质更好的苹果。好奇心是自我认同的本能,谁也挡不住一个少年的叛逆,我必须以身试水,确认我的判断是对的,才能踏实。

不过,我抱着那个苹果咬第一口的时候就后悔了。甜也算甜,但皮很厚,果肉很柴,对比起来,明显水分没刚才的苹果多,吃起来一点儿幸福感都没有,一半没吃完,我就丢了。

果真徒有其表,经验很重要。

小红理发店

有天上午下山给摩托车加油,路过镇上,顺带理了个发。我一直认为,如果不是有什么特殊要求(比如做造型)的话,只是修剪一下,那么镇上那种十元洗剪吹的理发店,和城里三十元的高级发型师剪出来的应该没什么区别,说不定都是同一家技校毕业的,只是镇上洗剪吹的阿龙进城后与时俱进,改名叫Kevin。

所以我理发从来不挑店面,只要路过写着理发店招牌的,我就进去。但今天这家,刚进门我就后悔了,招牌看着挺好的,里面怎么这么脏啊,椅子上的污垢都有包浆了,热水器还是个改装的手动挡,这个理发店就是街头五元理发店的升级版。太陈旧了,以为是"阿龙美发",原来是"老刘洗剪刮"。但摩托车都已经锁在人家门口了,进了屋就走也不合适,所以只好踏踏实实地坐下来,说服自己,就当是个体验。

洗头的时候,我跟老板说:"稍微剪短一点就行。"洗完我又强调:"不要太短。"但老板一剪刀下去,我就不敢再多嘴了。我发现很多理发店的老板都很叛逆,你让他稍微剪短一点,他

就会把"稍微"这个词过滤掉,咔嚓咔嚓,直接剪短。每次吹头发也是这样,我说"分开",他们就会拿梳子,勾出一条端直的分水线,拿吹风机,分别执着地往左右两边持续吹,直到吹成一本展开的书;我说"不用分了",他们就会给我吹出一个软塌塌的、垂直悬挂在脑门上的刘海;我说"蓬松一点儿",他们就会换个圆圆的塑料卷发梳,拉扯着我的发根,拿吹风机尾部,来回扫描,直到我的头慢慢变大,看起来像被电过一样,搞得我每次回家都要重新洗一遍。

后来我发现,他们根本不知道什么是"自然一点儿"。以前每次理发,我都跟理发师建议,你可以快一点儿,但不要修那么齐,整得跟刀切的一样,可以自然一点儿。我说的自然,是那种不用过度修饰的随意感，实际剪短了，但看上去却不像剪短的，而是本来就这么长。但理发师实在悟不透，每次剪头发，要不就是对着一撮头发一根一根地对照，要不就一听我说"快一点儿"，就以为我很着急要走，很高兴地草草了事，至今我没遇到过能理解我意思的理发师。

我一直在想，如果有个理发师能理解"自然一点儿"的真正含义，那一定是真正把理发当艺术的造型艺术家，因为大多高级的艺术创造，都是不露痕迹的。比如文学，多数文章或者诗歌都是先有一个点、一个思路，然后经过布局、书写，反复修改润色。好的文学就在于根本看不出写的痕迹，像是一气呵成的，像说话一样自然；音乐编曲也多是一段一段反复完善的韵律；电影剪辑、摄影、绘画、表演、舞蹈、雕塑等的创作，无一不是如此。刻意是过程、技术，随意是结果、高度，多数优秀的艺术创造，都是在完善"刻意的随意感"，万变不离其宗，理发作为一门技艺，也是同样的道理。当然，除了少有的那种如有神助的即兴。

我剪过最快的一次，是在我们县的一家发廊。那时候我上初二，有家发廊叫作"小红理发店"，每天来回我都会路过，印象很深。每次那家店关门都很晚，晚自习放学了灯还亮着。那天下午，我跟平常一样从那家发廊门口过，见那家门半开着，便跃上两个台阶，推门进去。一进屋，里面坐着好几个小红，浓妆艳抹，怔怔地看着我。我说："剪头发。"

我当时真以为那是家理发店,后来想起才觉得不对劲。姑娘们看我一脸纯真,有点儿慌乱,没想到这傻小子真是来理发的,于是只好往里屋喊了声:"老板娘,剪头发的。"老板娘闻声很不高兴地从套间里探头出来,看了我一眼,皱皱眉,说:"洗洗吧。"那时候我十三四岁,觉得老板娘挺漂亮的,便很高兴地坐到热水器前,老老实实地洗头、吹干。记得老板娘当时手起刀落,快如疾风,不到两分钟就收工了,剪完还狠狠地抽了支烟,说:"好了,5元。"随后看都不看我一眼就转身进屋了。现在想,那可能是我这么多年理发最"自然"的一次了。老板娘自己可能也没意识到,由于给我剪发不太情愿,反而抛开了主观审美的束缚,放下了以往修剪的程式感,结果竟然有种浑然天成的超然。有技术基础的人的无意识果断,并不是真的没有规则——规则还是存在的,只是潜藏游走在直觉的边缘。"随意的随意感"是即兴艺术的金线,接近"道"了。我记得当时对着镜子,照了半天,特别满意。

大多数时候,失败的艺术创作,都"刻意得很刻意",像那些拙劣的演技,处处暴露着造作的痕迹。我这次失败的理发就充分验证了这一点。给镇上中老年客户剪了十几年头发的理发师傅,挑挑拣拣,来回比画了半个多小时,终于平衡了我头顶毛发的各个边角,保证了每一块剪刀掠过的发梢都跟尺子丈量过一样齐整,就像乡镇影楼的修图高手,每一张照片,都要调整光效,拉长、虚化、美白。重新洗过吹干后,我戴上眼镜的一瞬间，差点儿认不出镜子里的人。

唉，果然还是被剪成傻子了。

不过我已经过了会为头发大哭一场的年龄了，只有上初中的时候，才会为这种事泪如泉涌。青春期的存在感，全都是源于外界对自己的注目，以为所有人都会盯着自己的头发看，所以对着镜子，会特别恨那个理发师，都想默默退学算了。

大学的时候我留披肩发，很叛逆，很暗黑，走在街上，很多人都会多看一眼。现在想，那一眼其实大多都是出于怪异或者反感，但我就认为那是一种吸引，特别有存在感。像杀马特把自己打扮成那样，完全是因为走到街上会有很多怪异的目光——怪异的目光也是目光啊，总比无人问津要更踏实。"葬爱家族"的忧伤，和文艺摇滚青年的孤独一样，本质上都是关于存在，只是大多数人的存在，从青春期的个性、美、帅，换成了成年后的声望、权、财。卖弄学问和炫富一样，都是在表达自己并非形同虚设的不同，表达存在。一切个人问题，都源于"存在"，因为每个人没有存在感时都会恐慌，所以都在用不同的方式宣告自己的存在，只是有些人需要外力，有些人运用内力。

现在倒早就释然了。在山上，哪有人看。

吃起来像小鱼儿一样

我妈每年都会做槐花面吃,就是把槐花裹面粉煎一下,面煮好以后,倒进锅里搅一搅,再撒点儿葱花之类。我奶奶说,吃起来跟小鱼儿一样。

吃起来跟小鱼儿一样,这个比喻很有意思,一听就是来自穷人的比喻。以前农民的日子过得穷,吃不上肉,所以很多菜都希望能做出肉味儿,"吃起来跟肉一样"是对一个菜最好的评价了。比如河南有种豆制品,叫"人造肉",炒韭菜很好吃,其实就是用大豆压制的类似腐竹一样的豆制品。人造肉,现在在人们眼里看起来有点儿恐怖,是因为"人造"这个词大多数时间跟假东西关联在一块儿了。但以前不是这样的,以前"人造肉"听起来是能让农民欣喜的——人可以把豆子做得吃起来跟肉一样,穷人买不起肉,但豆子家里多的是啊,这样的话以后不就等于可以天天有"肉"吃了?

面筋最初造出来,也是因为吃起来有肉的口感。陕西有个小吃叫"浆水鱼鱼",就是把凉粉做得跟"小鱼儿"一样,也叫面鱼。豆腐脑——不但要有鱼有肉,还要有脑吃。素鸡,就更不用

说了。

　　我奶奶的比喻总是给我惊喜，比如她说自己种的西红柿结得多，跟葡萄一样。跟葡萄一样多的西红柿，一个挨着一个，一大串，一听就很多。说嘴干，跟柴火一样。你一听，就知道有多干了，都快着火了。我奶奶没上过学，不识字，比喻却无比精准有力，因为她的类比都是最直接的。而现在，某些读过书的文学爱好者的比喻，很容易造作又无味，就是因为他们太注重"比喻"的文学性了。

　　我的朋友公度说，百分之九十的写作失败，是因为文字不真诚，总希望写得很美（美文，大部分作死在"优美"上），或者很乡土（这个几乎是大部分作家的通病，太注重"文学性"），但写出来就很浮夸，因为太注重写了。另外百分之十的写作失败是感情不真诚。但感情不真诚很容易被戳穿，文字不真诚，大多数人就看不见了。在他们的写作经验里，似乎就只会这样写，毕竟他所学的和他喜欢的都这样写。

诗歌也是，和小孩子画画一样，难度不在于读过多少书，而是在于如何写得像没读过书一样干净、自然。又回到以前那句话里了，返璞归真，"返"字是价值的体现，"真"的程度决定价值的高度，不管是书法、绘画、文学、电影，还是当代艺术。

秋生
——献给我的父亲

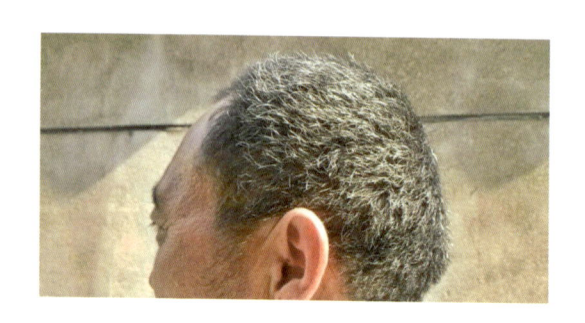

河南省

驻马店市

上蔡县

和店乡

高庙村

4队

的

张秋生

是我爸爸

秋生

　　大概和时代有关，我爸打小就有那种农民或穷人的自卑感，对"城市"的一切附属品都是带着仰视的。小的时候穷，喜欢画画，但没人教，就是喜欢画。他经常对着被单上绣的花鸟临摹，看到什么都画，搪瓷盆上的鸳鸯戏水，画册上的二十四孝，只要看到有图的，就对着临摹。这让我很惭愧，我到现在还没有爱过画画，画画对我来说顶多是喜欢，甚至有时候只是"需要"。他真的是"热爱"，却生不逢时，出身和时代都没有给他继续画下去的条件。

　　爷爷走得早，奶奶守寡半辈子。长兄为父，作为老大，家里大多数父亲该做的事他都主动承担了。继续上学的机会让给了二弟，给三弟一手操办盖房子娶媳妇。分地分家，生活就这么结结实实地过着。

　　娶了个好媳妇，又有了两个宝贝儿子，是他整个中青年时期最得意的事了。日子很向上，小时候对艺术的爱就给勾起来了。做生意吧，和艺术得沾点边，就和媳妇一块儿开了最早的照相馆。他字写得不错，画也练过，农村家里画中堂，店面写个美术字什么的，都找他，也算附近几个村有名的艺术家。是艺术家就比普通人气节高一些，也傲一些，于是就很少结交朋友，只跟自己家人享受安静的生活，种花、养鸟、练字，知足常乐。

小时候我家院子里有个花园，种满了各种植物，芭蕉、月季、白玉兰，每年冬天，门口和窗台上还会有很多盆漂亮的菊花。我爸就在屋里练书法，我妈在做饭，他们两个从来没吵过架。过年在家时，据我观察，我爸随便装个傻、讲个笑话，我妈都会像个小姑娘一样笑得咯咯响。幸福啊，满满的。男人像个大男人，女人像个小女人，似乎那个时代的男女关系相对于现在的"平等"，更具有稳定性。

平等，不一定能够平衡。

中年时期还算可以，两个孩子都学了美术，考上了大学，等于延续了自己的梦想，尤其老二上的还是美院。在左右邻居面前，他讲话的声音都大了。在他看来，这些都是他的劳动成果。只是，头发也白了很多。

时代变迁，照相馆没落了，中堂也换成了印刷品，没人要画了，手写的广告牌也变成了灯箱。过日子，人也得顺势而为。种植和养殖都试过，都不轻松，没赚到钱，但也没赔多少。赶上民办学校的风潮，刚好农村公办的小学都走在得过且过吃公粮的下坡路上，说干就干，租了村里的地，贷款盖了十几间房。一转身，就当上了校长。从小学一年级到五年级，撑了五年。

太欺负人了，政策好好的，我们都符合；我们教得好，村民反应也好，招了六七百个学生呢，怎么就是不给我们批呢？不给批就没补助，没补助差不多就等于白干了。

这一晃五年，我妈妈的头发也白了。

人生有起有落，男人每次都能站起来。但五十岁这次，撑不住了。最疼的大儿子，工作和爱情刚稳定了，就查出了尿毒症，这太残忍了。他想不明白，哭了多少次以后，他站不起来了，认输了。五十岁那年，那个什么都会、能一口气扛几十袋粮食的我的父亲，变得彻底像个老人。

如今生活上，儿女都不在身边，倒也没什么。只是为了方便照顾透析的大儿子，得和三十年没离开过自己的妻子分居两地。几十年了，突然空荡荡的大院子就剩一个孤独得抬不起头来的身影和一条干瘦的黄狗。他病了，抑郁症，这是个"悲观蚕食人心"的病。抑郁症是悲观主义的花，是会让人自杀的。

幸好，大儿子的女儿出生了。多多，爷爷的小孙女，像个小太阳，每次回到爷爷身边，爷爷心里就被照得透亮。多多，我的小侄女，她是治疗抑郁症最好的小药丸。

过年时和我爸聊天，他说，前些天路过花鸟市场，想买只鸟儿，但想想正在透析的大儿子，觉得不太好，还是算了。

奶奶的坟

1

塑料做的

下山时奶奶指着一个雕塑
问我
"那是石头刻的吧?"
我说不是,是玻璃钢翻制的
"什么钢?"
我说,塑料做的

疙疙瘩瘩

奶奶说她一辈子磕磕绊绊
就是因为爷爷娶她那天

买了几个西瓜

西瓜蛋子

疙疙瘩瘩

奶奶说

西瓜蛋子

疙疙瘩瘩

奶奶说

你爷走得早

我一个妇女

顶个大男人

捡牛粪挣工分

受了一辈子罪

饿死人的那几年

七天半个红薯

我都扛过来了

一辈子没怕过死

现在日子过得好了

老了老了

该死的年纪了

又不想死了

2

他应该是在描述自己的沉痛

这位创作哀乐的作者
谱曲的那天
一个人躲在房间里
哭了很多遍

2017年春,我第一次真正参加亲人的葬礼,奶奶就在水晶棺里躺着,睡着了一样。我当时也真心觉得,她只是睡着了,像个植物人,发不出声音,但应该能听见。就是脸有些冰凉,那一定是水晶棺里的冰,太冷了。屋子里每个人都在哭,整个氛围都很凝重。院子里一遍一遍循环放着哀乐,实在太悲伤了。

奶奶这辈子,参加过很多别人的葬礼,葬礼上的每个细节她都清楚,她太熟悉了,心里偷偷排练过无数次。我常常听她讲自己死后的事,比如棺材摆放的位置,比如都有谁会来,比如嘱咐我爸,不要买墓碑,不要乱花钱。还有就是半开玩笑地计算着,到时候谁会哭她,谁哭得最让她满意。奶奶说,我们多少都要哭一点,哭得越伤心,她在棺材里就越高兴。

人生前就应该反复给活着的人讲，讲死后的归属，比如埋在哪个位置，或者栽棵什么样的树，或者干脆把树选好，先培养感情。只要在心里想象过一遍，死后就能看见。有个地方的人，在死之前会做好自己的棺材，并且还会躺在里面试一试，要宽敞舒适，或者干脆提前预演一遍丧事，这样死之后的一切他都能看得见，因为下一次，只是这一次的重复。

我奶奶肯定很高兴，死后葬礼上，老大、老二哭得最伤心，两个儿媳妇，也哭得眼睛红肿。只有老三，嘴撇来撇去，也挤不出一点儿眼泪。但我觉得我奶躺在那里，肯定也不在乎，因为她最疼的就是老三，即便老三一走十几年一个电话都不打，还是会原谅他。

我没见过我爷，我小叔都没见过他。我爷死的时候，我奶还不到三十岁，肚子里怀着我小叔，我爸五岁，二叔三岁。这个不负责任的爷爷，在最苦难的年代，自己早早就走了，让我奶奶一个人拉扯三个孩子，守寡了一辈子。所以我奶生前说，她死了，不要和我爷爷埋在一起。奶奶说的不是气话，她在活着时，为了表明自己的态度，就常跟我爸叮嘱，说她以后死了，要一个人埋在南边的麦地里，一定不能跟爷爷的坟靠在一起。奶奶说的不是气话，她的坟就真的独独地立在了离我爷很远的南边麦地。

很倔的老太太，坟都这么有脾气。

奶奶的葬礼，给我很大触动，那是我第一次对传统语境里的死亡文化有深深的认同感，比如人死，就应该土葬，起码汉民族文化影响下的传统丧葬文化推崇土葬。因为阴间的设置，就是"地下"，是和泥土有关的。阴间在哪儿？不在天上，不在虚空中，就在地下、身边。

我很敬畏那种带着浓重神怪意识的民俗，比如春节贴门神、清明上坟，比如端午挂艾叶、寒衣节烧纸等，都是在跟另一个世界对话。这些仪式，让生前和死后的人都似是而非地显现出来，让人和鬼神，都没有边界地存在着。举头三尺有神明，善有善报，恶有恶报，在那种隐性世界的监视下，整个社会有一种自带安全感的秩序。

奶奶去世那天，只是那样堆个坟，我就觉得，她的灵魂在那个坟里活着。大概是因为最后一眼我看到的是她在棺材里安详睡着了的样子，所以当棺材盖上，那一刻就定住了。她就在那个坟头下面的空间里躺着，从此，再没人打开那个坟，就像空海圆寂的那扇门，只要那个坟在，躺在棺材里的样子就在。我只要看到那个坟，就能看到坟下我奶奶躺在棺材里安详的容貌，像拥有能穿透泥土和木头的透视眼。于是我就有了一种安慰，真的就觉得，跪在坟头说说话，她就能听见。

所有的仪式，都在将我们内心那种抽象的能量注入那些实实在在的物体。祭拜的意义大概就是如此吧。农村人常讲"一个念想"，坟，就是封存那个念想的守护箱。而骨灰，像是幻灭，就很残忍。

3

在山上住，我会偶尔到周围走一走，找一找适合做盆景的树桩，每次只要到了我没有走过的地方，我就觉得，有可能会藏着惊喜。但每次我过去后就会发现，那个地方，和我已经走过的没什么两样。但即便是这样，我还是会对没有踏足过的空白的地方，存在着"有可能会不一样"的想象。人们总是觉得未知充满了主观臆想出的可能。

有次进城，我在公交车上听到一首歌，觉得挺好听的。下了车后，就一直哼着其中两句（日语的，也不懂歌词），然后越哼越跑偏，越跑偏就越觉得刚才的好听。于是我就对着手机一遍一遍哼，想试试看有没有什么办法能找到这首歌。但太难了，没有歌词，旋律记得也不准，完全没有找到的可能。当天晚上我就焦躁了。这首歌，就因为再也找不到了，变得越来越好听，感觉几乎是我人生当中听到的最好听的歌了，而这么好听的歌，竟然再也无法找到，这太痛苦了。直到有天，我坐一个朋友的车出去玩，突然听到了那个几个月来让我耿耿于怀的旋律，立马兴奋地掏出手机，把那首歌下载了下来。但是很快，我就开始感到失落——好像也没那么好听。我听了几遍，就删除了。

人性的这种出厂设定实在太贱了。奶奶活着的时候，我很少想她，也没觉得她可爱，对她的很多习惯也缺少体谅；那年带她上山，虽然很耐心地陪她聊天，但也只是半个月，耐心就用完了。她一走，所有的好、体谅、想念，都长出来了。后悔啊，就像我奶奶死的那天，我并没有悲伤，但从那以后，每次想起来，都很想很想她。

有一年我本来打算给我奶奶烧纸，问我爸，我爸说，你奶的坟在家，你那儿也没个照片，不能在西安烧。但我总觉得奶奶死后，就随我一块儿到了山上，因为我老是梦到她，频率很高。我爸说也有可能，我奶奶活着的时候常念叨，想再去一趟二冬的山上。我觉得如果是这样，那就好了，让她在这儿多待一段，没事晒晒太阳，除除草，多摘点儿核桃，过年再帮她背回去，这一次，我保证不会再生气了。

力大无穷

我虽然不是那种宽大魁梧的身板,但力气还是可以的。前天开垦菜地,院子里挖出个大石头,怎么说也得一百斤以上吧,一咬牙就掀上来了。去医院做体检,查到骨密度的时候,医生就问我说:"你是学生吗?"我说:"我已经毕业了。"他说:"你骨密度还挺高的,像你这样年龄的那些大学生,骨密度都很低。"我说:"我跟他们不一样,我种地呢。"

不过我发现,且不说同龄人,我身边很多比我年长的朋友(上班族),跟我一块儿扛东西,都没我力气大。记得有次比我大一轮的尹峰跟我一块抬柜子,我这头都快掀翻了,他那头还纹丝不动。但我这点力气,在我们村,却是连那些放牛、挑水的妇女都比不上的,她们帮我背煤气罐,上山中间不带暂停的,一口气背到我屋里;而如果是我,同样距离的一段上坡,起码要歇三次才能到家。而我们村的那些男人就更厉害了。老龚说,年轻的时候他在深山住,背一百五十斤的柴到山下卖,一天一趟。一百五十斤的柴,相当于三个加满气的煤气罐了。一个人就这样背着比他大几倍的柴,步行两个半小时山路到山下，一天一个来回。

农村总是多传奇。小时候听说，有人偷楼板，那种混凝土浇制的，六十厘米宽，三米多长的建筑材料，一块起码有四百斤，一个人，就这样半夜默默地给扛回家了。听起来像个段子，但是农村真的有那种大力士，我们村的小军就很让人震撼。有一次老孟截了一个案，把一棵直径七十厘米、长两米八的原木对半开；当时想着，这么重的案，要弄上山，至少得四个人抬。但小军摆摆手说不用，他一个人就够了。我俩听了都不信，觉得他有点儿吹牛，但当小军真的步履蹒跚，背着一棵比他人还宽的树，一步步朝我们走来时，我才意识到，原来小说里鲁智深倒拔垂杨柳的事，完全是有可能的。

我们总是忽略了语境。《史记》里说项羽"力能扛鼎"，应该是一个接近事实的描述了，冷兵器时代"力能扛鼎"的项羽，其战斗力一定是超出我们的想象的。因为一个人，如果他"身高八尺，力能扛鼎"，那就说明他亦可轻松抡起一把百斤左右的大刀。我们都见过工地上抡的大铁锤，才二三十斤的钝器，就能开山碎石，换作一百斤的大刀呢？对着人马抡过去，绝对相当于一发炮弹的威力，被击中的肉身，定是瞬间心胆俱裂，粉身碎骨。那么如果这把刀的材料再有些讲究，比如削铁如泥，加上可以轻松挥舞的臂力，再加上一些在生与死的实战中总结出来的技术，那所谓的"以一当百"的战斗力，就不能只当作文学传说了。

历史到了今天，风云突变。冷兵器时代一结束，很多人的潜能就随之消失了。武术到了近现代，没有了那种生与死的历练环境，慢慢退化成了强身健体的花拳绣腿（我相信中国武术在冷兵器时代是很凶猛的，接近武侠小说的描述）。现代社会里，大多劳动力都可以被机械替代，需要用蛮力的地方越来越少，人的力气也就随之退化，民间亦少有倒拔垂杨柳的神力传奇。我看纪录片《红旗渠》里留下的影像，里面的人挑着两担石头，健步如飞，轻松得就像是挑着两筐白菜，太厉害了。

我一直认为每个人应该都有很多种潜能，如明眼、利耳、疾手、迅足、灵觉、牛力、通天地变、知鸟兽语等各种各样的本领，只是大多时候没有一个铸炼这些潜能的需要，所以就始终关闭着。只有眼睛盲了，听觉才被开启；悬吊陡崖，双臂才变得有力。如果生来就在一个丛林世界里，一定是人人都可以像跑酷选手那样飞檐走壁；当粮食决定生死，研究天地就成了每个人每天思考的事，于是，四季变换的每一个细节都被总结，精微到极致；当战场对战，技巧更能取胜，战术就会不断地升级，善于总结的智者就将其梳理成兵法；当存在和虚无碰撞，那些不甘于混沌的人，就会不停地追问，直到有人触摸到真理，将过程书写成系统的思想。有语境，再看人类那些令人惊叹的创造力，就没那么神秘了。

虽然在发展过程中，人的身体和自然感应的潜能被关闭了，但大脑和科技的连接处理潜能却被开启，那些天才黑客儿童，不就是新的进化结果吗？应该说，人有各种潜能。生在上古，与天地共生的时代，伏羲就诞生了；生在当下，与电脑共生的时代，黑客就诞生了。想起一个令人捧腹，过后又感到无法反驳的猜测——为什么外星人被想象成眼睛很大，手指很长的样子？因为在未来世界，眼睛很大是为了看屏幕，手指很长是为了玩手机。

神秘主义小把戏

在山上碰到个朋友，神神秘秘的，讲他舅舅以前是地主，现在住的家里还有很多宝贝。老房子雕梁画栋，最让他惦记的就是卧室里那张敦实厚重的八步床。十年前就有人出三万买那张床，但他舅舅说三十万都不卖。接着他就开始讲他的地主舅舅的发家史。

早些年，他舅舅拖儿带女从河南逃荒到陕西，一家人住的是四面透风的破房子。有一年除夕夜，一个要饭的老头走到他家门口讨饭吃。这个讨饭的老头似乎和别的乞丐不一样，别的乞丐都是低声下气，这个老头却理直气壮，并且拿着一个盆儿大的碗，要求把碗盛满。这家人说："我们一家人才吃这么多。"讨饭的老头就说："给我盛满，以后你们就都有饭吃。"这家人想着过年施舍也算积德，并且这个老头总给人一种好像哪里不一样的感觉，于是就给他盛了满满一碗饭。但是老人拿着饭却还是不走，又要求道："这饭要盛得冒尖。"于是，这家人就又添了两勺子。老人走后，他的舅舅便回到后院放炮（自制的炮仗），放到第三个的时候，妻子指着屋后面的山坎说，怎么炮仗每响一声那边就有个地方亮一下？夫妻俩又放了几个，确实远处有个位置在闪。于是，这两口子就拿着锄头跑到亮光的地方开始挖。刨了几下，碰到一个硬物，夫妻俩扒开周边的土慢慢把那个硬物挖了出来——一个腰粗的瓮，打开一看，满满一瓮银圆。于是他的舅舅用这些钱发家，成了镇上的地主。

这个故事听起来像是从《故事会》里面摘抄下来的，但是这个朋友讲述的时候极其认真，认真到你不敢笑。

在他讲述这个故事之前，老孟聊到近来胃胀，极为难受，去医院做了一次全身检查，检查结果一切正常，查不出任何异样。这位朋友就很严肃地说，其实他刚来时就觉得老孟院子里的东西摆设不太对，比如磨盘在风水里属阳，而"白虎"是不能用来在上面喝茶的。他让老孟赶紧把院子门口左边的水池蓄上水，因为风水里讲究左青龙右白虎，水代表青龙；又说老孟屋里床的位置摆设不对，拿出一根红绳说是观音寺里一个很厉害的师父给他的，开过光，让老孟拴在腰上。

如果他没说这些的话，也就没什么。但他说出来了，似乎就让人觉得有什么了。看着干巴巴的水池就会想到他说的"风水不好"，"开过光"的红绳要是扔了，丢垃圾堆里就会觉得似乎哪里不对。很是奇怪，这种人跟你在一块的时候，他所说的话你虽然知道是不可信的，却还是多少会感到不安。就算你不怕巫术，却还是对别人给你下了蛊感到不舒服。

人间桃花源

那么我在意的是：为什么我们本来不信却又会感到某种不安呢？这说明，我并不是真的不信，人类血液里有着本能的恐惧和迷信。人类早期文明就是从巫术文化开始的，万物有灵论的神秘主义哲学早已渗透到血液中，就像刚孵出的小鸡害怕鹰的影子。神秘主义是人类最原始的记忆。

但仔细想想似乎并非完全如此。有次，我烧了点柏木芯当燃香用，丁威怯怯地说："以后不要烧这个，这是棺材的味道……"我说："你别瞎说，只是很多棺材都是柏木做的而已。"即便我告诉自己，棺材不都是柏木料做的，但我下次点的时候，再也闻不到木头的香味了，好像有一屋子腐朽尸体的味道。

如果说"恐惧"是人类神秘主义的原始记忆，"下定义"就是逻辑的轨迹出了问题。以前我的逻辑轨迹是，柏木的味道等于木香，现在我那朋友突然给柏木的味道下了另一个定义——"焚烧的棺材"，于是下一次烧柏木的时候，我的逻辑马上就被那个概念直接拉到他的轨迹上了。

这种被动的心理漏洞，也是我比较忌讳鬼怪、死亡、风水之类谶语的原因。不过人类可以用自己的智慧填补这种漏洞，比如靠仪式：许由洗耳其实就是一种他自定的洗礼仪式，洗洗耳朵，就把那些钻进耳朵里有辱清高的秽语给洗掉了。有人在被强奸了之后就反复洗澡，像是要把那些"脏"洗掉，也是一种仪式。

另外就是靠思辨了。下山时如果不小心开车轧死一条蛇，虽然我知道这本身和踩死一只蚂蚁一样，但蛇有它被文化赋予的能量，难免心里不安，一定会想最近会不会遇到什么不幸的事。但是我只要告诉自己，那条蛇是卧轨，是自杀，是一条想要去死的忧郁的蛇，那么，这种不安一下子就解开了。

自己骗自己，骗到无懈可击时，就是一代宗师。

山中答问

自述

被误读或者不被理解
是存在的常态
是我们每个人的现实

为何山居？

二十多岁的时候，一个人跑到山里去生活，对于很多人来说这好像挺难理解的。在大多数人的认知里，男生在二十多岁时应该拥有最鲜活、最热血的状态，对城市和人群应该有着天然的、必需的连接，拍拍短视频、玩玩音乐才合理，怎么这个孩子一声不吭跑去山里种菜养花去了？

而这对我来说，完全是偶然中的必然了。

我本身就是个宅男，大学的时候就住在学校附近的城中村，一间十平方米的小房子，经常一两个星期都不出门，门口堆满了外卖的碗。整天就是读诗、找音乐、看电影、网恋，内心戏满满的，特别会跟自己玩。这个可能是基础条件，我相信现在也有很多年轻人具备这个条件。对于我们这种自己跟自己玩就很圆满的人来说，既然在山里宅和在城里宅都是宅，那宅在山里，又有院子，还能奔跑、裸晒，肯定就更有吸引力了。这是其一。

那个时候跑到山里待着，并没有什么特殊的仪式感。那时我刚毕业，在城里租房一个月好几百，但山里一个院子一年才两百块钱（那是十年前，当然现在不是了，现在一年得上万），而且离西安城也很近，终南山就是西安的后花园嘛。也就是说，

给四千块钱,二十年都在西安有个窝,有个落脚点,都不用再考虑住的问题,是不是很吸引人?

这样比较,就发现山居是很容易的选择了。

其二,每个人,尤其是有点历史观的人,其实都有一个桃花源的想象。那就像一个种子,当性格和环境契合时,就会被浇灌了。

我住在终南山,和那些因为"终南山"而住在终南山的人完全是两回事。在我看来,"终南山"是没有什么符号色彩的,不是隐居的山,也不是什么隐士的山,它就是"西安南边的山"。我在书里强调"若有隐之心,处处皆终南"。总有人觉得我是因为"终南山"才选择隐居的,这种预设很讨厌。比如有人认为,这是一种终南捷径,这种揣测很低级了。终南捷径其实是个很好的课题，只是被过度消费了。

第三，就是那个契机到了。

美院刚毕业的那两年，我在信阳固始县给朋友帮忙，带过两年美术高考班，学生也就比我小两三岁。现在我对固始也挺有感情的，但到第三年的时候就觉得，我不能再待下去了——有环境的因素，也有时间的因素。

固始是个很有意思的小县城，好吃的很多，民风也不错，而且很难得，县里面的人尊重书画和文学，很安逸，小且聚气，吃个烤肉好几桌都能相互认识，让人有种特别熟悉的习惯和安全感，这是大城市里面没有的。大城市是有种陌生的安全感。

对很多人来说，那可能是一个非常理想的人生，很安稳，又很舒适。但对我来说，那种舒适路过可以，可如果被限制在那里，比如定居，估计就会像被封印在一个牢笼里面那样压抑。那种压抑就像是造物主给了你一次生命，你所做的就是把它过完，但那明显不是我的人生。我记得我决定离开那个小县城回西安的时候，有种从魔窟里逃出来奔向了星辰大海的旷荡。当然，我的魔窟，可能是别人的理想国。

当老师时，学生一届一届在换新的，我像个参照物，时间就这样在身上碾过去，我是能感受到那种被碾压的负重的。一年又一年像翻书一样快，我只能离开。

记忆这个东西很奇怪，重复的只会重叠，只有不同的才会平铺展开。

但也有人说，在山上的日子不也是重复的吗？还是不一样的。山上的重复只是时间的，是四季轮回，但不是内容的重复，内容每天都充满变化。比如你今天认识一种新的植物，明天捡了个蛋，每一天都有每一天的偶然，每一天都有每一天的新鲜。

所以山里的那种重复，是让你开悟的，而不是用来麻痹你的。

和父母的关系

我们和父母的关系很奇妙，当你想维护、爱得更多的时候，他们对你的干涉就会越来越多，将各种贪念强加于你；如果你直接忽略，三五个月才打个电话，一两年回去一次，他们反而对你变宽容了。

我回老家也会被催婚，整个催婚的过程和大家所经历的没什么区别，有种被道德绑架的压迫感。

对我爸妈来说，催婚就是催娃，结婚就等于生娃，如果结婚不生娃，那结婚就没有意义了。最令人头大的还不是那些他们认为绝对正确的价值观和需求，而是他们在生活中对自己那套价值观的强化。

比如我妈妈，在老家和所有的亲戚邻居以及她全部的人际关系聊天时，都会炫耀说自己儿子怎样有本事，书卖了多少多少万册，几十万的女粉丝，每篇文章赞赏都有好几千块钱，等等。提到我妹妹用的词更大，说闺女也跟着她二哥去山里干大事业了……（大事业，哈哈哈，我妹也就在朋友圈卖卖菜。）

真是很糟糕。面对虚荣带来的快感，很多人就只知道满足于那点耀武扬威的春风得意，他们都没想过，在别人看来，如果现实符合那些炫耀的结果时，对方就会嫉妒，不符合的时候，别人就会暗暗叫好，嘲笑他们。

要不就被嫉妒、厌恶，要不就被嘲笑、轻视，没有第三种可能。

所谓世俗，就是一个人和他周边所有人际关系的总和，就是伦理。父母在他们的人际网络里所建立的全部自信，都来自孩子。于是当我说我不想结婚，更没有兴趣要孩子的时候，我妈构想的家庭美满的幸福就会有种坍塌感。

我知道，当我妈唉声叹气对我说，如果我不结婚不要孩子，她就会失眠、会抑郁、会生病的时候，并不是什么戏精，她真的会因此失眠、抑郁、生病（老毛病加重）。而在她看来，或者在世人看来，这一切的悲剧，都是我造成的。

所以我很理解那些被父母逼着结婚的人。道德压力太大了，他们孤独，他们落寞，他们在亲戚面前抬不起头，他们忧心忡忡，余生凄凉，都是因为你这个不孝子不给他们生个孙子。

是不是很压抑？

很多人以为这就是责任，认为满足他们的需求就是孝顺，但我不这么想。其实我们捋一捋就很清楚：在父母的观念里，大概有三层摆脱不了的观念束缚。

一种是伦理的,也就是关于生儿育女和传宗接代的家庭伦理观。一个不结婚的孩子,会破坏这个家族的完整性,在宗族社会里,是属于会被轻贱的一级。

在农村的鄙视链是这样的:有钱+儿孙满堂>穷+儿孙满堂>有钱+儿女没结婚>穷+儿女没结婚>穷+孤苦伶仃。

在我爸眼里我估计就是最底层。

这种伦理观念的束缚,对很多家长来说,是比较被动的,问题不在他们,很多人都会认为约定俗成的东西就是不可逾越的真理。比如我妈妈说到一种观念时,经常爱用一个词,叫"天经地义"。前天把我说急了,我就放狠话,我说我不是凡人,别以你们这些凡人的标准要求我。我妈就说:不是凡人,你还神仙呢,神仙也要结婚,仙女还找董永呢,玉皇大帝也有老婆有孩子。

我:……(感觉就像辩论的时候,逻辑被碾压了。)

另一层原因就相对狭隘一些,就是希望你能给他们生个小孙子玩儿,陪伴。由于他们自己的人生没别的填充物,就认为我和他们一样,老了也需要有孩子陪伴。

在这方面,我爸逻辑更强大。记得有次他给我打电话,说你在山上啥都好,就是没个伴儿,太可怜了。要是有人给你做个饭,陪你说说话,我们就放心了。我说我不可怜啊,自在着呢。我爸说,自在啥,我们知道你可怜得很。我说我真的很幸福,我爸就又叹了口气,更心酸地说:唉,我能不知道吗,你可怜着呢，就是想骗父母心安。

我：……（我觉得我的逻辑又一次被碾压了。）

最近一次回去，我爸还在为我没有孩子，终将孤独终老的凄凉晚景心酸呢。我想如果那样就太棒了，能有一个孤独凄凉的晚年，也该道化了。

不过我可没敢说出来，这在我爸看来，就是个杠精，还是有点神经病的杠精。

我当然也不是较真说自己就不结婚。人生无常，事事都没那么绝对。也许我四十岁后，人到中年，不想自己跟自己玩了，也想生个娃玩，自然也会考虑结个婚什么的，也许五十岁的时候，一个人藏到更深的山里去了，都是有可能的，但这些都是未知的，不应该被剧透。每个阶段有每个阶段的需求，而我只想尊重当下的需求。

第三层，就是他们在生活中对那套刻板价值观的美化和强化，他们的幸福和自信，来自他们给周边人所塑造的那个孩子家庭和睦、事业有成的荣耀。

所以父母最大的问题，是他们自己捆绑了自己，把自己放在了那样一个被期待、被审视的位置。那些让他们得意、自信、担忧、恐惧的，捆绑着他们的绳子，是他们自己缠在自己身上的，而作为孩子的我们，自始至终只是在爱着他们，没有任何参与。

青春期的时候，我们如果爱上一个姑娘，会非常期待她的回应，像有强迫症一样，觉得她应该以你爱的程度和需求来回应你。这时候如果她拒绝了你，你就会感到被重击，感到一种急速沉闷的下坠，无法接受为什么我用那么炽热的爱烤着她，她还那么冷冰冰的，内心会有人品被否定的羞辱和痛苦。

但现在如果我爱上一个人，就会很清楚，那些波澜壮阔的起伏和花团锦簇的情绪，都只不过是我一个人的内心戏。有回应，那是恩赐，没有回应，那是我的宿命，也是恩惠了。你想啊，人生长河中，遇到那么多的人，可能一百个异性中九十九个都让内心一潭死水，而那一个，却能让你荡起水花，把你的人生照亮那么一下，那是多大的恩惠啊，对吧？

她存在着，而且还让你看到了，就已经是一种命运的眷顾了。别的，都是贪念。这才是爱和被爱的合理关系。

这就简单多了。如果有人问："你大学毕业也不工作，一个人跑到山上住，父母同意吗？"

回答："不同意啊，但是没有用。"

很显然，一个人之所以能跳出世俗，拥有此生的自由，就是因为他的人生能够开得那么绚烂。除了艺术、哲学上的追求，最需要的能力就是善于逃避。善于逃避，是一个成年人面对现实的压力时，最大的善意。

怎么生存？经济来源是哪些？靠什么生活？

我妈妈不是说了吗，书有版税，公众号文章下面也有赞赏。

我现在还是很排斥这个问题，因为在我看来，这完全不是个问题。在不同的环境和条件里都会有最好的自己。一个诗人的诗，是不会因境遇而变质的，顺境时李白，逆境时就杜甫。我记得我上大学的时候出去玩，都是住网吧的，找个沙发靠着睡一晚，能看电影还能休息，也挺满足的。这两年条件好一些了，但刚上山的那几年，一个月50块钱都花不完，也很明澈，很快乐。因为对我来说，"存在"，或者说能够健康地活着，本身就是最好的恩惠了。

如果不靠写作，种点菜、卖卖土鸡蛋、朋友圈换点碎银子也能过啊。无非就是米面油，快乐并不会因为没有消费能力而打折。但很多人一听你是美院毕业的，会画画，还出了书，就说：看吧，人家这么过是因为人家能卖画。

也挺好的，每个人都需要找一个可以自洽的理由。

在我看来，很多经济条件比我好太多的人，都不怎么快乐。我上次回老家见了好多朋友，发现他们大多都过得不太好，不管是婚姻还是生活，都很混浊。这种混浊的人间气，在我这次回老家的几天里，比以往的感受都更强烈、明晰。我身处其中时，有那种明显的水火不容、夹在中间的压迫感。

那什么是快乐呢？

你在山里时，整个环境都是空旷静寂的，那个时候你会发现，远处的每一下敲钟，每一声鸟语，每一缕凉风，都能在你心底开出一朵纯粹绚烂的花。

"存在"有了回应，那个应该就是快乐吧。

我始终觉得我的人被封印在我的肉体里了，只有当存在有了回应时，我的人才被释放出来，一跃凌空。

一个人在山里，每天都干吗？

这个问题的潜台词其实是：一个人在山里，不无聊吗？

而这个问题背后的潜台词就是：要是让我一个人在山里，肯定会无聊到受不了。很多人真就无法离开人群，只要一独处，心就很慌，无处安放。

一个人在山里住，其实很忙活的，因为"过日子"是个很日常很烦琐的行为，而这种烦琐，只有亲自操持家务才能体谅。所以每当有人问我"你一个人每天在山上都干吗？不无聊吗？"时，我就会失语，我总不能说我在：买狗粮、取狗粮、搭狗窝、夏天除虫、冬天防冷、喂鹅、赶鹅、捡鹅蛋、拾鸭蛋、给鸭子洗澡、换水、垒鸡窝、追鸡、喂粮食、取鸡蛋、给花浇水、盆景换盆、剪枝、塑形、翻地、浇菜、除草、搭架子、扎篱笆、写作、画画、读书、扫地、劈柴、做饭、追剧、洗衣服、晒被子、收床单、换被罩、铺路、修水、换煤气……

如何面对孤独？

对我来说孤独有很多种。首先，"孤独"并不是一个人在什么地方待着，那是孤单。孤单是一种缺失的表现，而孤独是一种状态。比如当我看到有人说我是男版某某某的时候，我就很孤独，因为把我跟网红放在一块儿做比较的人，只看到了形式上的异同——很复古很田园，这是一种非常轻率的形式化的定义，这时候被定义的人其实就处于一个很孤独的状态。

公众对一个事物的评判，基本就是取决于自己认知的局限。小众和大众拥有的最大的矛盾往往都是认知的矛盾。

左小祖咒和庞麦郎，在他们听起来都一样，都跑调；石虎先生那种有笔墨又有古典气象的书写，在他们看来和街头杂耍的书法也没什么区别。

所以这不是我一个人的孤独。

而另一种孤独，对我来说，就是存在。生之混沌，死之空无。

人大多数时间都处于一种混沌的状态，只有在孤独的语境里或者在凝注的瞬间,才会感知到存在的那么一点点质感。比如遇到那种极其震撼的美时,是孤独的,但同时"存在感"也是在那个瞬间最清晰。

记得去年七月初去敦煌玩,那天在沙漠,我躺在沙子里,无比开阔,觉得再向前一步,就能够到云层之上的穹顶镜面了。那一刻我身边有两三个人,但我却没有和他们分享这个想法,就只是那样躺了好一会儿。

如果是这种孤独,有什么需要面对的呢?享受就行了。

不过我觉得当有很多人问如何面对孤独的时候,潜台词应该都不是前两种,而是那种我认为概念搞错了的,像一个人被遗弃在孤岛上的孤单。

对很多人来说,比较普遍的障碍就是"一个人在山里住"这件事了。一个人在城里住,顶多可以做到独自、安静,不管在屋里怎样飞,内心深处其实还不是"空寂"的,真正的山野,是从内到外都是空空荡荡、寂寂悠悠的。

大部分人说自己爱安静的时候,其实只不过是爱一时的安静,一旦把他放在一个真正空寂的、只有他一个人的环境里,他就慌了。也许刚开始还很新鲜,但要让这样的"空"和"静"持续上三五天、一星期、一个月,他就会有种被遗弃的慌乱。

这也没办法,人类集体生活惯了,大多时候的存在感,都来自和这个世界上其他同类的互动,一旦这个互动没了,他就会思考存在的本质,而思考存在的本质,刚好是大多数人一生都不敢面对的现实。所以跑到山里住的人很多，但真能安然住下来的屈指可数。

很多人拯救孤独的办法就是消费快感、消费信息，然后用社交、工作或者娱乐，让自己尽量处在一个麻痹的状态里。

社会责任怎么办？不担心和社会脱节吗？

总有人质疑，年纪轻轻应该出去多看看世界，而不是躲在山里避世。他们完全没有搞清楚，一个人要是连身边的东西都熟视无睹，看不透，去的地方再多，又有什么意义呢？

每次看到我发在公众号的照片，总有人问我，是不是用相机或者什么手机拍的。人们总以为照片拍得好或坏是工具在起作用。这就好比一个人看到一幅字写得很好，就问作者：你用的什么笔？

社会责任和社会脱节这种问题，逻辑其实也差不多。

他们估计以为社会责任，就是繁衍、交税，维护人类社会的可持续性。

如果说是这个逻辑的话，我倒觉得一个人就这样以一种和世俗保持距离的方式存在着，就是对这个时代最大的贡献。他的存在就是诗；他活着，他的痕迹，就是艺术。

至于和社会脱节，更是一个伪命题。

这个问题的产生，还是源于我们对"隐居"这个词的符

号化偏见，这很难避免。因为这个词语是古人创造的，我们对"隐"这个词语的印象也是古书里的描述，焚香、抚琴、砍柴、读经、桃花源、陋室铭，一花一草一禅僧。以至于在多数人的认知里，"隐居"就是那些深山老林里一狗一僧的茅棚，离群索居，不问世事，所以脱节。

不合时宜，太不当代了，很想给他改一下。

赏雪、候月、追剧、听音乐，焚香、品茗、吃火锅、看电影。

其实之所以说"和社会脱节"是个伪命题，是因为我内心的古意，并不是对科技、网络以及那些现代消费方式的否定。

我只是对那种沉浸式的"快"和"多"带来的失控感到不适。太像个幻象了。这一切的不可控都是混杂的人群和物欲横流的城市带来的，我只是脱离了人群，并没有放弃融入这个时代。

我见过一些00后，算是时代潮流的浪尖吧？但她们却说经常有落伍跟不上时代的焦虑感。所以每天要刷一遍微博，刷一遍B站，刷一遍抖音，再刷一遍朋友圈，因为只要她一停，就会跟不上新的信息、新的梗和新的共同话题。

如果一个00后都有跟不上时代的时候，我们哪一个人不是在跟社会脱节呢？

所以我觉得所谓脱节，其实是在说你跟时代潮流保持的一个距离，有的人是潮流的浪尖，有的人在潮流的中间，有人在潮流之外，但大家都身处这个时代。

终南山有隐士吗？

每个人对终南山的认识都是不一样的，有人眼里的终南山可能是一部"先秦史"，有人想到的是"隐士"，有人眼里是佛道圣地，有人想到的就是武侠剧——"终南山下，活死人墓，神雕侠侣，绝迹江湖"。

但这几个想象，都有形式上的相似，就是"古"，古意或者古朴。

这基本就限制了大众在当代对"隐士"的认知。

这个很有意思，人们喜欢以那些表面的形式来做判断，是因为他们不了解概念的内涵或本质，所以内行看门道，外行就只能看个热闹。而"符号"最擅长呈现的，就是热闹。

"隐"的哲学和定义是古人创造的，因此在整个历史长河里，对它的描述都会带着古人的语境，比如布衣茅棚、寒江孤影，导致现代人对隐的判断依旧停留在那些古人的意象里，这也是为什么很多人认为，住在山里，就要穿得像个仙女，抚琴弄剑，冥思静坐，一身老骗子的打扮；住的地方也一样，一定要有草棚，有个牌匾，写着什么什么草堂，什么什么庵，要远远看上去像个路标：前方五百米有隐士……

这些都是符号，每一个都能满足大众对"隐居"的想象。

资本很清楚这些，随便找个团队，就能打造出一个不食人间烟火的网红来。无非就是投其所好，符号堆砌着符号，这没什么难的。

真正的难其实是哲学层面的，是你对这个世界的判断，以及这个世界在你眼里呈现出的那种脉络分明的秩序。那是你的诗，你的存在，你的格局。

所以我很期待哪天能在终南山看到几个穿着牛仔裤的不食人间烟火的隐士，和穿着优衣库的超凡脱俗的仙女。

什么时候下山？对未来的生活怎么规划？

有段时间接了很多采访，包括一些线上群里的读者问答，我发现一个共性，就是多数的提问或者疑问，都是出于"好奇"。以前我不太喜欢那些好奇的"预设"，比如经济来源怎么办？结婚了孩子上学怎么办？无聊吗？孤独吗？……

这些提问一般都是提问者自身最大的障碍，所以他会认为这也是我的障碍。比如"是否会，或者什么时候会离开终南山？"这个疑问，就有一个明显误读的预设。很多人认为我在终南山生活，是出于"体验"，而"体验"都是阶段性的，所以会问我什么时候下山。但我在山里住，并不是出于"体验"，就是过日子、生活，对于我来说，山是我的家，我的窝。没有人会问：你什么时候离开你的家？

而未来、规划这些想法，我也是从来没有的，我始终觉得，未知是人生最大的魅力，最让我感到慌乱的，就是被剧透的人生。

不知道别人的感受，反正我是太厌恶那种生活在当下，却总是为未来忧虑的感觉了。未来无常，过去的又已经过去，只有当下才是重点。

这种错位的好奇几乎是个常态，让我觉得回答起来很没意义，每次都有意避开。但后来有次回了老家一趟，看到很多朋友的生存状态和那种无力，突然就体谅了这种好奇——一个人不上班、不买房、不社交，也不被婚姻困扰，还能圆满，他是怎么处理自己无法解决的那些问题的呢？

这在一个人和人相互裹挟着的社会现实里，好像的确让人好奇。

于是我就趁在老家的几天，在那个让人慌乱无力的混沌环境里，重新审视自己，整理了以上这些笔记。

山中答问

人群和爱情都有催眠作用

让人不清醒

唯有孤独

清澈如新生

首先，选一座山

然后，找一院子废旧的老宅租下来

孤家寡人，除了诗和画，也没什么有重量的家当

"极简(造型)+朴素(材质)+高级灰(色调)",
这几个大关系控制好,就不用找室内设计师了

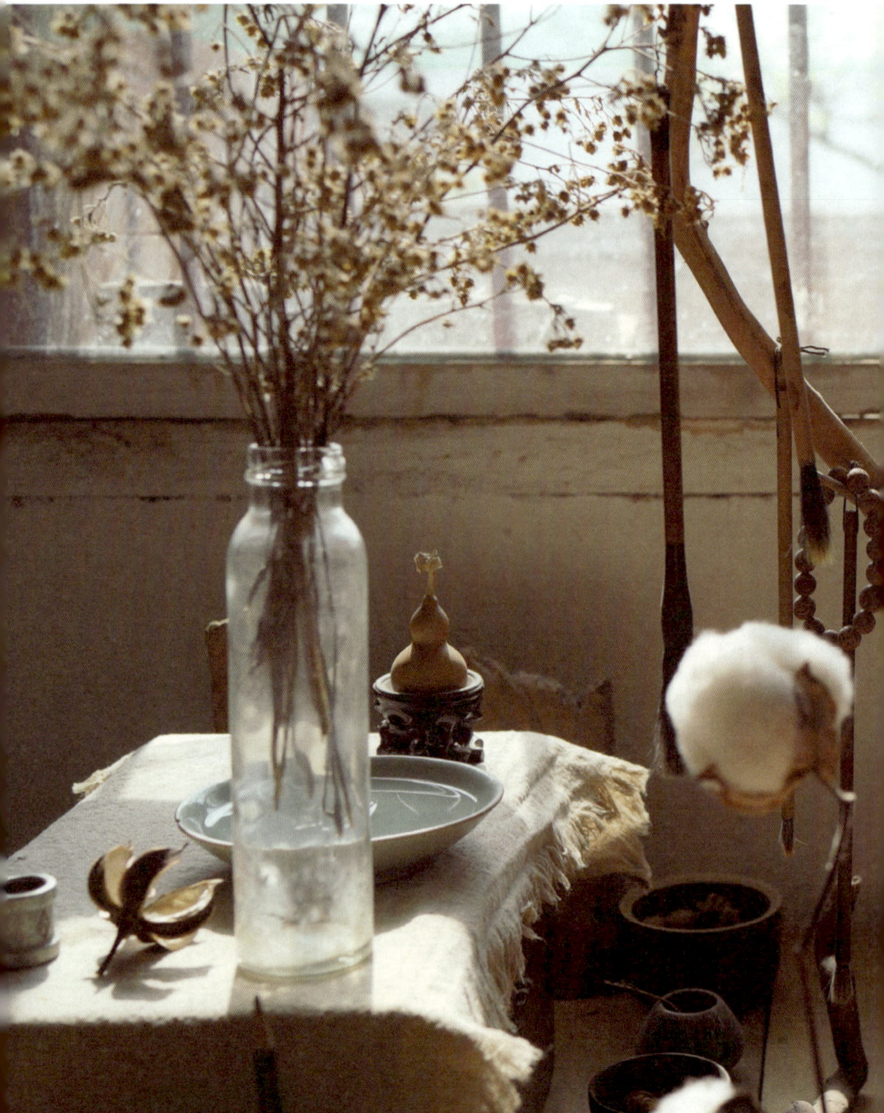

山里面有很多木头，捡一些造型的节奏与线的构成比较完整的，可以用来做笔架或台灯架

山上的那种重复永远带着新鲜的饱满

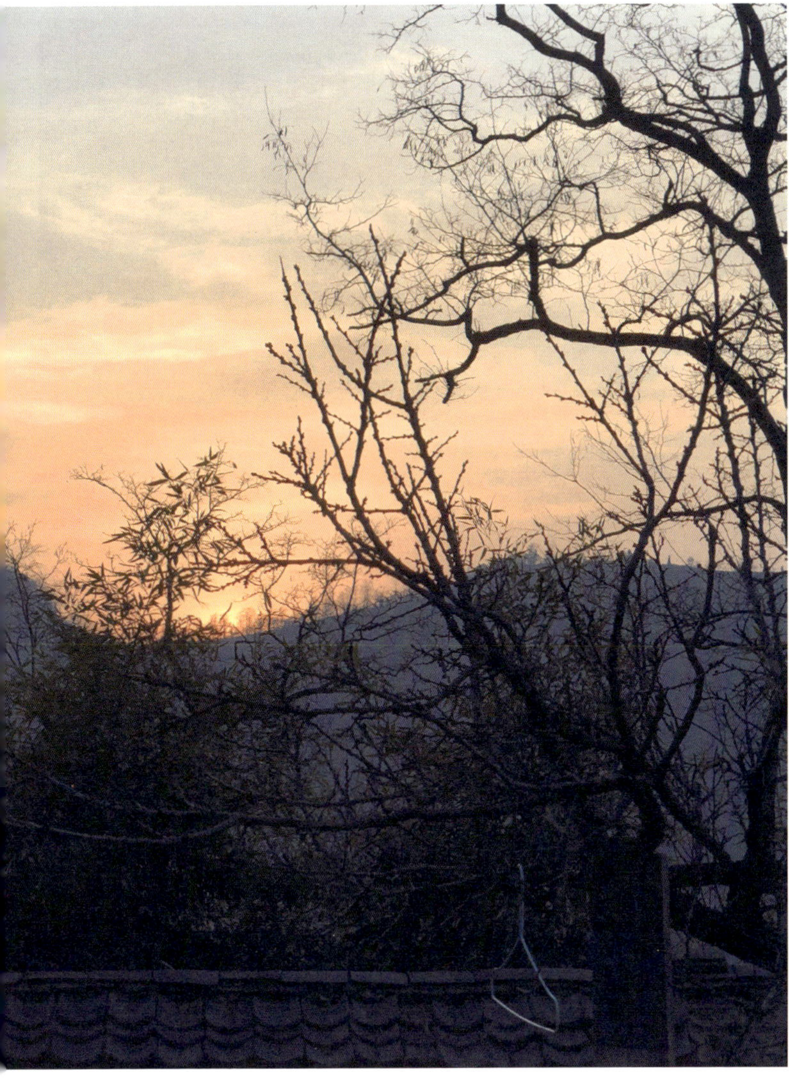

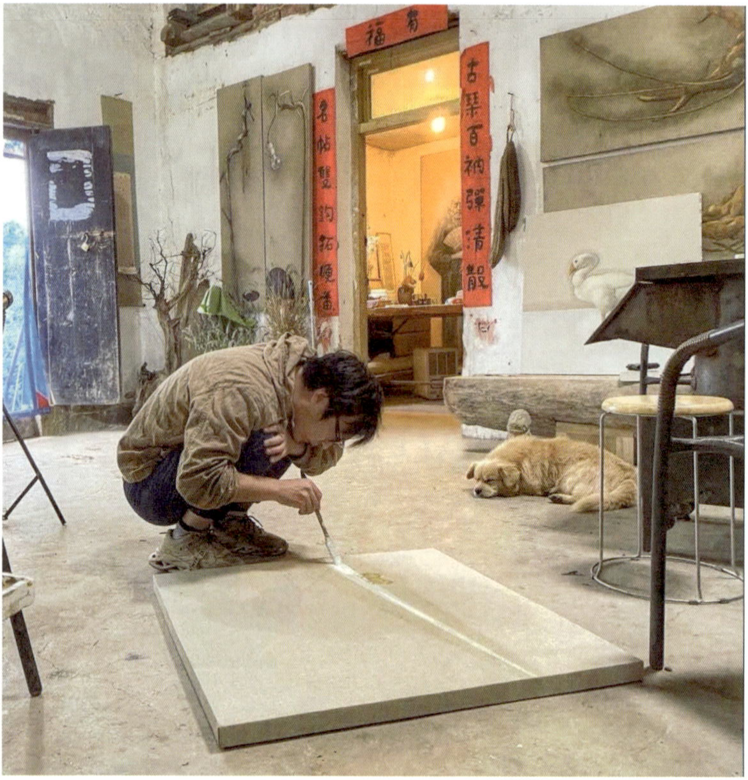
古琴百衲彈清韻

相对于平庸的一生,我更迷恋那种生命的多样性;世界如此广博美好,我野心很大,都要体验